U0022968

魔瞳 3

The Devil's Eye

邦拿 作品

第二十五章——約櫃之秘

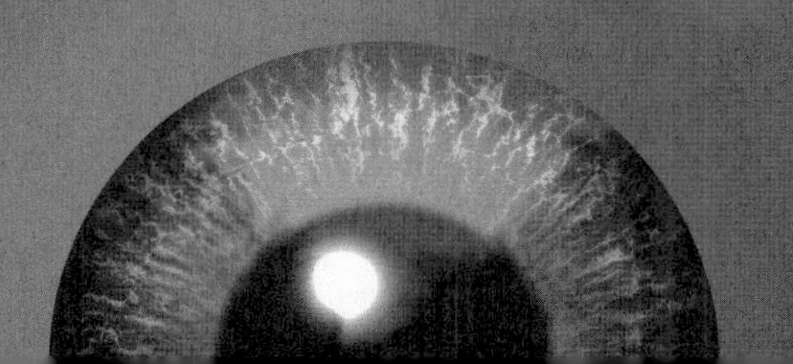

第二十五章 約櫃之秘

黑暗把拉哈伯的身驅整個吞噬，唯獨那雙幽冥碧火，緊緊凝視著我，似乎想看透我的心思。

片刻過後，綠光倏地不見，卻是拉哈伯閉上了眼睛。

大殿正門接著被打開了點，拉哈伯的聲音再次響起時，已然身在殿外。

「小塞，你繼續說下去吧，我到外面走走。」說罷，大門便卽關起。

四周忽靜，大殿只剩下楊戩粗重的喘息在當中徘徊。

「嘿，其實拉哈伯還是相信你會成爲撒旦。」塞伯拉斯站起來，走到茶几旁的長桌上，點亮一盞油燈，道：「他對撒旦的敬意，跟老納一樣，但撒旦在他眼前被殺，他內心的悔恨絕對比任何人要多。他對你期望甚高，所以才怕再次失望。」

「但他每次看著我的眼神，總是包含著越來越多的懷疑。」想到他剛才的眼光，我不禁手握成拳。

「換了是誰，也會心生懷疑吧。撒旦轉生，並不是一件兒嬉的事。」塞伯拉斯坐回位子，將油燈放在我倆之間，「雖然撒旦生前沒有說過任何關於轉生的事，可是照常理來說，轉生應該只有一個。」

「我身上既有『獸』的記號，又能發揮『鏡花之瞳』到極致，直到昨天爲止，我也以爲自己就是世上唯一的撒旦。」我皺眉說道：「但當我在佛羅倫斯時，那撒旦教主的確能在我胸前，絲毫不差的將記號畫出來。後來孔明現身，更明確指出，我成爲撒旦的機會渺小之極。」

「小子，人若然對自己失了信心，就算機會再多，也只會在指間白白流走。更何況，」微弱的黃光映照著塞伯拉斯認眞的臉孔：「孔明的話，不能盡信。當初他不也是把老納騙離耶路撒冷，再使奸計害死撒旦嗎？」

「嗯，也許和尙你說得對。」我苦笑道。

或許是孔明當了數千年魔鬼，撒謊的技術出神入化，將我和拉哈伯都騙倒。可是，每當我回想起他的神情，內心深處，又不期然覺得他說的乃是事實。那顆看破紅塵的魔瞳，究竟窺探到甚麼事物；那個滄桑的老人，又有多少事瞞而不說？

想著想著，我不禁思索入神。

「和尙，」我低頭看著油燈中心的火光問道：「你想不想我當上撒旦？」

「嘿，眞正的撒旦，早在二千年前死了。不論最後是你或撒旦教主奪得撒旦二世之名，對老納來說皆無關痛癢。」塞伯拉斯虎目含威，看著我笑道：「要不是看在故友份上，老納早割下你項上人頭。」說這句話時，塞伯拉斯周身散發出淡淡殺氣。

我抬起頭來，跟他相對而視，卻見塞伯拉斯的眼光，銳利如刀。

我知道塞伯拉斯所言非虛，要不是與拉哈伯交好，我和子誠想必已和那數百無辜，絕命於孤兒院。

我嘆了口氣，無奈地說：「算了，別談這些，說回那『約櫃』吧。」

「小子知道『約櫃』的來頭嗎？」塞伯拉斯一笑，渾身殺氣頓時消散無蹤。

我點點頭，道：「當年摩西把以色列人從埃及解放後，在西乃山上得十誡石碑。而『約櫃』就是用以盛載這兩塊石碑的器具。」

「不錯，這是世人一般流傳的說法，」塞伯拉斯樣子頗有深意，道：「卻不是歷史眞相。」

「我知道，天上唯一在第一天使大戰後，便未曾現身。所以那所謂天上唯一賜予的十誡石碑，其實是假的吧？」

「確是如此。那塊十誡石碑乃摩西自製的普通石塊。碑上所刻的十條誡律，也不過是他自己製訂，用以約束當時的以色列人。」塞伯拉斯說道：「不過那『約櫃』，卻的確是天上唯一，親

造之器。」

「甚麼？」我大感訝異。

「第一次天使大戰時，撒旦軍最終落敗。當時撒旦被天上唯一擒住，折斷翅膀，貶下凡間。」塞伯拉斯語氣忽然認眞起來，道：「與此同時，由於亞當夏娃吃了禁果，被剝奪永生的權利。但夏娃亞當本身被設計時，擁有繁殖能力，所以他們雖在下凡數百年後死去，人類卻得以繁衍，沒有滅絕。

「爲了收集人類死後靈魂，天上唯一便將『地獄』和『天堂』，分別封印在『約櫃』和另一器具當中，然後埋藏在人間某處。本來這兩件器具收藏得極爲隱秘，加上人類和魔鬼對『天堂』、『地獄』興趣不大，所以久而久之，兩具器具便漸漸被遺忘。一直到若干年後，那收藏『天堂』的器具卻被一名魔鬼意外發現。起初，那魔鬼只知那器具非同小可，卻不知開啓方法。他用盡千方百計，始終打不開那器具，所以不久亦將之棄於一旁。一直到那魔鬼六百歲時，一天，他一名仇家找上門來。」

「雙方碰面，二話不說便廝殺起來，誤打誤撞下，那器具卻忽然給他倆打開了。不過，不知是開啓方法不對，又或本是如此，那器具解封時，竟引發一場浩大的海嘯，吞沒了四周不少地方。到了最後，那魔鬼雖能擊退仇家，亦意識到器具所載的就是『天堂』或『地獄』之一，但其時周遭千里，已遭大海嘯摧毀，而『天堂』及那器具，亦因而被洪水沖走，再次失去下落。」

這時，塞伯拉斯忽停了下來，看著我笑道：「小子，說到這兒，你應該猜到了那魔鬼和器具的名字吧？」

我看著塞伯拉斯，笑道：「若然我沒有猜錯，那就是聖經故事中，挪亞和他的方舟了！」

神話中引發大洪水的人物沒多少，而且我隱約記得聖經提及過挪亞在六百歲時才建成方舟。

果不其然，只見塞伯拉斯咧嘴一笑，道：「哈哈，不錯，就是『挪亞方舟』！」

「嗯，本來兩件器具早已被魔鬼們忽視，」我摸著下巴，沉思道：「但因為『方舟』打開時所釋放的能量極之巨大，更引起滔天洪水，所以重新吸引魔界的注意，收藏『地獄』的『約櫃』亦隨之現世，對嗎？」

「對，這就是當時撒旦的想法。第一次天使大戰戰敗後，我們撒旦軍一律被貶下凡。可是在離開天國之前，」說著，塞伯拉斯忽然收起笑容，神情有點恍惚，「天上唯一曾跟一眾叛離天使說：『爾等到了人間，吾不再干涉，惟此地到盡頭之際，吾與吾之使者便會重臨，回收塵世萬物。』」

「天上唯一所指的時刻，就是末日，對吧？」我問道。

「不錯。為了在末日有抗衡的力量，撒旦便想得到『地獄』，因為光是『天堂』破印而出，便引發如此駭人的海嘯，所以撒旦假設，」塞伯拉斯抬起頭來，呼了一口氣，續道：「如果能有效控

制『天堂』、『地獄』這兩件靈魂容器的話，可能會發揮出比十二神器更不可思議的力量。」說罷，塞伯拉斯忽然頓了一頓。

我忍不住追問：「那麼，撒旦最後找得到嗎？」

「當然找到！不然你的『鏡花之瞳』何以能將他人帶進入那凡人難以想像的恐怖幻象？」塞伯拉斯看著我笑道：「不過，首先找出『約櫃』的，並非撒旦，卻是摩西。」

「聖經說的完人挪亞是魔鬼，那麼這能分紅海的摩西也是嗎？」我笑問道。

「摩西不是魔鬼，但他卻是個天生身染邪氣的人。因緣際會下，摩西意外發現了『約櫃』，後來他便以『約櫃』爲籌碼，跟當時守護埃及的拉哈伯談判，讓他釋放當地的以色列人。」塞伯拉斯回憶道。

「和尚，你見過摩西嗎？」我問道。

只見塞伯拉斯搖頭道：「老納沒見過他，但他的事跡我從拉哈伯那兒聽聞不少。」

「對，臭貓以前曾被撒旦委派負責看守埃及！」我恍然說道。

拉哈伯曾說，撒旦爲了防止魔鬼過度獵食人類靈魂，曾在珠穆朗瑪峰之巔召開一場魔界大會，用計使群魔訂下「百年不獵」的血契，並分派七君到各地看守，以防人類滅絕。

我想埃及乃其時一大強國，人口衆多，所以撒旦便讓實力僅次於他和薩麥爾的拉哈伯去看守。

誰知塞伯拉斯卻搖搖頭，道：「錯之極矣！那可是之後的事情，在那之前，拉哈伯一直都在埃及當他的無上神明呢。」

「嗯？這一層我倒不知道。」

「嘿，這些都是題外話了。總而言之，那時拉哈伯跟摩西訂下協議，讓摩西替他運送『約櫃』到迦南，卽現下的巴勒斯坦。雖然摩西在運送途中身亡，幸好以色列人遵從他的遺言，最終到達迦南，將『約櫃』交到撒旦手上。」塞伯拉斯看著我，道：「撒旦接收『約櫃』不久，便卽公告天下，召開那珠峰群魔會。他向我們七君交待事務後，便帶同『約櫃』閉關，思索一道他參不透的難題。」

「眞想知道，連地獄之皇也想不通的，究竟會是甚麼難題。」我低頭暗忖。

或許，當我成爲眞正的撒旦時，也會遇上同樣迷思。

我思索片刻，不得要領，腦中忽然想起甚麼，便向塞伯拉斯問道：「和尙，那時挪亞還在生嗎？」

「早死了好幾百年。」塞伯拉斯搖搖頭道。

「那麼撒旦最終找出打開『約櫃』的方法嗎？印象之中，倒想不起除了大洪水外，有甚麼巨大天災。」我說道。

「照常理來說，撒旦應已打開『約櫃』，並看到『地獄』的眞正面目。」塞伯拉斯聽到我的問題，

忽爾皺起眉頭，道：「可是當撒旦出山，亦即是二次天戰時，除了利用『鏡花之瞳』讓人產生進入地獄的幻覺外，那『地獄』實體的確無人見過。我們每次問他是否已打開『約櫃』，撒旦也只笑而不答。」

我接著說道：「嗯，後來薩麥爾叛變，撒旦在耶路撒冷被殺，因此『約櫃』便擱置在撒旦故居之中。」

「不錯。」塞伯拉斯微微點頭，眼神閃過一絲怒色。

「但為甚麼你卻說別人動不了『約櫃』？」我問道。

塞伯拉斯沒有回答，卻反笑問道：「嘿嘿，小子，你知道『約櫃』上，鑲有兩隻相對的基路伯吧？」

「知道。」我點點頭道。「約櫃」的模樣在聖經中有著詳細描述，而基伯路是希伯來語，意即智天使。

「嗯，該怎說呢，那兩隻基路伯，原本不是『約櫃』的一部分，而是撒旦得到『約櫃』後才鑲嵌上去的。」塞伯拉斯語氣神秘的笑了一聲，道：「這樣的裝飾本是毫不稀奇，可是這對基路伯，雖無生命，卻非死物。」

我皺眉問道：「我不太明白你的意思。」塞伯拉斯的話似是而非，讓人摸不著頭腦。

「那雙基路伯，只有巴掌大小，表面鍍金，內裡卻是純銀構造。」塞伯拉斯看到我滿臉不解，便即解釋道：「當日撒旦被刺殺後，薩麥爾立時派人去他家中，想要取走『約櫃』。怎料當他的手下碰到『約櫃』時，那雙基路伯忽褪去表層金色，變得銀光閃閃，更似是活了一般，振翅長嘯，引動天雷，將那觸碰者直接轟死。那人被轟成焦炭後，手一鬆開，那雙基路伯又變回原本模樣，靜靜地安跪在『約櫃』上。」

「竟能發動天雷殺人，這雙基路伯似乎也太厲害了吧？」我情不自禁地張大了口。

「嘿嘿，的確厲害。在那以後，薩麥爾無論派多少人去，每次接觸到『約櫃』，那雙基伯路便會醒來，用雷電將侵犯者一一擊斃。」塞伯拉斯說道：「薩麥爾嘗盡千方百計，也不能移動『約櫃』半分，所以他只好派人守住撒旦故居。不過『約櫃』不論敵友人魔，全都一擊殺斃，所以薩麥爾始終沒花太多心思在其上。」

「嗯，這雙基路伯以天雷保護『約櫃』，可見當中所藏之物，十分重要，」我摸著下巴沉吟道：「而這東西十居其九，就是『地獄』！」

「這正是我們殲魔協會的想法，所以約一千年後，當我們發展成熟，滲透人類政權各部分時，我們便煽動其時的羅馬天主教，以收復聖地耶路撒冷名義為號，召集群眾，發動戰爭。」塞伯拉斯看著我說：「這就是後世所指的，十字軍東征。」

聽到十字軍的眞正相標原來是「約櫃」，我不禁「啊」的一聲喊出來。

十字軍東征前後經歷二百年，一共八次，打著神聖名號的戰爭，卻招致無數死傷，是教會有名的暴行。

「嘿嘿，意想不到吧？」塞伯拉斯笑道：「雙方爭戰整整數百年，不過撒旦故居，最終還是由殲魔協會佔領下來。多年來，撒旦教施盡辦法想重奪故居，可是始終無功而回。」

「現在，卻殺出一個神秘的撒旦教主，更能安然取走『約櫃』。」我沉聲說道。

「不錯。所以老納才會兵行險著，派一名魔鬼混入撒旦教。」塞伯拉斯說到這時，忽然嘆了口氣，道：「誰知他臥底數月，忽失去音訊，眼下不知是生是死。」

如果「約櫃」眞的藏著「地獄」，那麼據孔明預言，誰先得到「地獄」誰就是撒旦轉世，我的確幾乎沒有成爲地獄之皇的機會。

但鐵面人搶到「約櫃」已有數個月，至今仍沒特別舉動，說不定他雖能移動「約櫃」，卻不能將其打開。

如此一來，這次拯救妲己的行動，就是我成爲眞正撒旦的絕好機會。

「和尚，我們合作吧。」我看著塞伯拉斯笑道。

「嘿，合作？」塞伯拉斯濃眉一揚，似乎略感興趣。

「對，假若你們眞找到撒旦教的日本總壇，甚至殺到『約櫃』面前，你們卻依舊是碰不得它。

到最後，『地獄』還是落入撒旦教的手中。」我笑著分析。

塞伯拉斯看著我冷笑道：「我們碰不到，難不成你可以？」

「雖我不能百分百肯定，」我臉上笑意依然，但語氣誠懇的道：「但撒旦教主既然能搬動『約櫃』，身為另一個撒旦轉世，我想我也能夠做到。」

「嘿，那豈不是便宜了你？到時候你拿走『約櫃』，還不遠走高飛？」塞伯拉斯冷笑道。

「我跟你立下血契，如果我真能搶回『約櫃』，便要將它交給殲魔協會任何一人，然後經過比試，才決定最終擁有者是誰。」我咬破指頭，把一滴鮮血擠在茶几上，道：「而你們亦得盡全力，協助我將之搶回。誰有違約，就遭天雷轟頂。如何？」

塞伯拉斯皺起眉頭，看著那珠映著紅光的鮮血，似乎在思索契約的條件。

他沉吟片刻，正要回答時，一陣微弱魔氣忽然吹滅几上油燈，整座大殿倏地暗淡下來，卻是楊戩散功時的餘勁所致。

幽暗的環境下，只聽得楊戩氣虛力弱地說：「義父，找到了，三弟……三弟在青木……青木原樹海。」說罷，「噗通」一聲，卻是楊戩耗力過度，昏倒在地。

「畢永諾，咱們合作吧。」一陣殺氣忽然在我面前湧現，接著，卻是一絲淡淡的血腥撲鼻而來。

漆黑之中，只見那雙狂野碧睛瞪著我，「不過，你最好求撒旦保佑，別讓天雷把你劈成焦炭。」

第二十六章——

自殺森林

第二十六章　自殺森林

青木原樹海，位於日本富士山的西北方原始森林帶，由於當地仍存有許多原始的生態環境，因此仍沒被過度開發。

可是，樹海除了因其極高的環保價值而聞名外，另一原因，就是每年有不少人會走進樹海中輕生。

自殺的人數之多，使日本當局得定期派人到樹海中搜集屍體，不少靈異怪事亦因而流傳開來。故此，青木原樹海，也被稱作「自殺森林」。

從遠處看去，那一望無際的幽深墨綠，飄散著神秘氣息，教人不其然覺得心寒。

這天，天際剛吐白，便有一人走進樹海中，想要自尋短見。

「痛……可惡！」

身材肥胖的鈴木直人笨拙地從地上爬起來，口中連聲咒罵，用力踢向剛才把他絆倒的樹根想要出氣，卻反踢得腳尖一陣劇痛。

「嗚……連這棵臭樹也要欺負我！」鈴木直人無力的坐倒地上，抱頭嗚咽，可是當他發覺汗衫上的美少女戰士正含笑看著自己時，鈴木直人心中煩躁立時一掃而去。

「兔，這個世上，只有你永遠對我不離不棄。」鈴木直人輕輕撫摸著月野兔順滑的臉，含情脈脈，神態卻略微痴呆的說。

性格寡言沉默的鈴木直人，從小都不善交際，活了二十年，交上的朋友實在寥寥可數。本來他是頗感寂寞，但當他第一次在電視上看到月野兔那迷人嬌姿後，鈴木直人的心，從此便被那套水手服所佔據，不再寂寥。

往後的日子，鈴木直人房間內的月野兔收藏品以倍數增。每次看著那張天真的俏臉，鈴木直人胸懷便會充滿一陣暖意。

不知從何時開始，他更跟那些收藏品吐起心聲來。

雖然月野兔不懂回話，但在鈴木直人眼內，她是一個有血有肉的人兒。

然而，鈴木的父母對兒子玩物喪志大是反對，多次勸說不果，雙方便為這事爭吵起來。

昨天，他們又再吵得面紅耳赤，這次鈴木的爸爸終於按捺不住，趁鈴木洗澡時，一怒之下，將他房中所有收藏搬到園中燒掉。

當鈴木驚覺不妥時，園中只剩下一堆臭氣沖天的焦炭。

「你快要成年了，別再沉迷在這些玩偶中，醒醒吧。」老爸神情冷漠地在傻了眼的鈴木旁邊走過。

看著那團焦黑，鈴木只覺得胸口空蕩蕩的，連哭也忘記。

鈴木醒覺了。

他覺悟到心中所愛已離他而去。

「一切，也化為灰燼了。」鈴木呆呆地看著空無一物的睡房，頓覺生無可戀。

於是在夜半時分，鈴木偷偷駕駛爸爸的殘舊房車，摸黑來到青木原樹海。

除了身上那件月野兔汗衫外，鈴木還攜帶了一小瓶燃油。

足以自焚的一小瓶。

「兔……為甚麼他們要這般待我？他可是我的爸爸啊！怎麼竟……怎麼完全不了解我的心思，把你燒成那個樣子……咳！」鈴木高舉油瓶，讓燃油從頂灌下。待燃油灑滿全身後，鈴木便取出預先包裹妥當的打火機。

「雖然⋯⋯雖然我很想殺了老頭子，但他始終是我爸爸。兔，我沒用，我不能爲你報仇。我所能做的，只有選擇和你一樣，在烈火中死去！」濕淋淋的鈴木語聲淒然地舉起打火機。

但見他涕淚俱下，卻不知那些淚水鼻涕，是氣味刺激的燃油、還是悲憤的心情所致。

鈴木其實害怕得很，因爲他知道混身著火後，一時三刻是死不去的。

但他對自己說：兔不也是這般活活燒成焦炭嗎？我怎能讓她一人受苦，自己輕鬆的自殺？

於是鈴木他閉上眼睛，深呼吸一下，拇指用力按下！

突然間，鈴木只覺他右手手掌沒了知覺，手腕卻異常疼痛。

鈴木咬緊牙關，極力忍受，可是那股痛楚只一直留在關節處，並沒向上漫延。

鈴木微感奇怪，稍稍睜開眼睛，卻發現本來拿著打火機的右掌，不知爲何，竟被一名瘦削漢子拿在手上。

只見那瘦漢，正伸著長舌，舔嚐斷掌邊的鮮血，吃得不亦樂乎。

鈴木察覺到，瘦漢另一隻手上，握有一柄閃亮亮的沾血軍刀。

「幸好及時趕到。死胖子，險些懷了大事。」瘦漢一邊舐著鮮血，一邊歡愉地看著鈴木，陰側側的笑道：「臭胖子，你很想死嗎？」

鈴木看著眼前怪異的情景，一時間目瞪口呆，不知怎樣答話。

瘦漢見狀，皺起眉頭，不滿的道：「胖子，我問你問題，你不立卽答的話，一秒就是一刀！」說罷，鈴木的面前忽地閃過銀光，然後鼻子突然劇痛起來。

「再問你一次。胖子，你很想死嗎？」瘦漢咀嚼著鈴木肥美的鼻子，含糊不清地笑道。

鈴木被眼前可怖的情景嚇怕，卻不敢違背，只得流著淚，強忍臉上的痛楚，戰戰兢兢的急道：「不……不，我不想死！」看過數千本漫畫的他，知道若然觸怒面前的嗜血狂，後果實在不堪設想。

「嗯，很好，學乖了啊。」瘦漢拍拍手表示讚賞後，持刀的手忽然一揚，把鈴木的左耳割下來。眼前景物忽被鮮血染紅，鈴木只感天旋地轉。

混身的劇痛已撕掉他的神智，他開始懷疑自己走進了不存在漫畫的世界。

迷糊間，鈴木只見那瘦漢咬著自己血淋淋的左耳，笑道：「你不想死？不要當我是白痴，這一身燃油是甚麼一回事啊？你這胖子分明是想引火自焚變烤豬。要不是我眼明手快，把你的豬手割掉，整座樹海就成了火海，到時可暴露了我們基地的位置。」

「基地？哈……哈，原來你們的秘密基地藏在地底。」鈴木看著瘦漢，神智不清的強笑道：「你們這幫壞蛋，壞事做盡，你還這般對待我，兔……兔會將你們通通收拾掉！」說罷，鈴木只覺一陣搖晃，接著瘦漢陰陽怪氣的臉忽地出現眼前，卻是他被瘦漢提起來。

「胖子，你說甚麼？那個甚麼兔知道我們的基地在地底這兒？」瘦漢收起笑意，皺著眉頭問道。

「哈，對啊，你們所謂的秘密基地……兔早就知道了。」提起她，鈴木不其然露出自信的笑容：「因爲她，可是美少女戰士啊！」

聽到鈴木的話，瘦漢先是一呆，然後放聲大笑。

「哈哈……哎呀，想不到你不單是個胖子，還是一個傻子，說甚麼美少女戰士。」瘦漢擦擦眼角的淚水，笑道：「雖然如此，但你還是得死，因爲你無意說出一個事實。不過反正你早打算自殺，殺掉你也沒差。」

鈴木抬起頭，看著瘦漢，氣虛力弱的笑道：「不會的，兔會來救我……把你殺掉……殺掉殺掉殺掉！」

瘦漢將鈴木肥大的身軀擲在地上，冷笑道：「臭胖子，說甚麼傻話，就算月野兔眞的來了，還不是乖乖的被老子制伏。」

「你……別胡說八道！」鈴木伏在地上，緊握拳頭，瞪著瘦漢憤然道。

「嘿，你這滿口夢話的胖子還眞敢說。也罷，反正你也要死，不跟你多計較，」瘦漢伸舌舔了舔刀鋒上的血，走到鈴木的面前，邪笑道：「放心吧，待會那月野兔被老子擒住後，老子會一刀一刀割掉她的水手服，然後在你的屍體面前上了她，所以千萬要死不瞑目啊！」笑罷，瘦漢便把瘦弱的手臂抬起，朝鈴木的腦門揮刀去！

鈴木驚得閉上眼睛，腦海只感空白一遍。

再見了，爸爸媽媽。再見了，兔……

一股熱騰騰的液體忽然撲面而來，鈴木霎時只覺腥氣嗆鼻。

鈴木知道，那些是自己的血。

鈴木知道，他自己死了。

☰

「喂，胖子，你還未死啊。」一道男聲忽然在鈴木身旁響起。

鈴木聞言，緩緩睜開眼睛，赫然發覺自己仍在生。

而那瘦子依然提著刀，直挺挺的站在自己面前，但頭顱卻不翼而飛，頸子還噴灑著鮮血，濺得鈴木幾乎睜不開眼！

「難道……難道是兔嗎？」鈴木眨眨細眼，定神一看，才發現瘦漢的屍體後站有一名模樣俊秀，卻穩穩散發著邪氣的大男孩。

男孩的肩膀上，正坐著一頭毛色黑得發亮的貓。

「喂，你還好吧？」大男孩蹲在鈴木身旁笑問。

「嗯……嗯，我沒事！」鈴木看著眼前的男孩，心中疑惑他的身分。

就在這時，男孩肩上的黑貓竟然口吐人言，道：「小諾，快解決這胖子吧，我們可是在敵人的地頭上！」

「貓……竟然能說人話，難道，」鈴木指著黑貓，愕然的說：「請問，你是露娜嗎？」

黑貓沒有回答，只是眉頭皺了一皺。

接著，牠的身形忽然模糊一下。

這時，鈴木的脖子忽地一麻，接著眼前看到的東西全都上下倒轉。

「啊……」下巴向天的鈴木張想要開口喊痛，卻發覺身體已經控制不了。

鈴木脖子上的痛楚開始擴散，意識也漸漸失去。他很清楚，這次自己眞的要死。

他不明白爲甚麼會無故遭殃，可是他更不清楚，爲甚麼自己一直所愛的人，自始至終，也沒有出來拯救他。

「兔，爲甚麼，你這般狠心？竟不出來救我……」鈴木腦海開始變得迷糊，眼角掉下了這生最後一顆淚。

突然間，鈴木很希望自己正在做夢。

如果夢醒了，他發誓，他會改變自己沉默寡言的性格。

他不會再和父母爭吵，不會在把自己整天困在家中，也不會再喜歡月野兔。

那個見死不救的月野兔。

「我也希望這一切，只是個夢。」一道語氣平淡，卻透露出淡淡哀傷的男聲，忽然鑽進思緒中。

接著，眼前忽然出現一顆妖異紅瞳，佔據了鈴木最後的畫面，卻將他生前記憶，重閱一遍。

將胖子的記憶看完後，神色憔悴的子誠渾身一抖，緩緩吐出口濁氣，淡然道：「就這麼多了，看來這鈴木只是一個普通的尋死青年。」

我拍了拍子誠的肩膀，道：「辛苦你了。」

子誠看著我，強顏一笑。

三天前，楊戩利用「千里之瞳」，找到他們派去撒旦教的臥底，正身處青木原樹海。可是楊戩在搜尋時耗神太多，當他發現那臥底安然無恙，心中一喜，一時間竟昏倒過去。直到他醒來時，雖再找不到那臥底行蹤，但楊戩卻發覺到，「千里之瞳」竟看不到樹海地底的情況。

一般來說，只要是生物，「千里之瞳」都能觀察其看到的影像，即便是地底泥土中也一樣。所以這情況說明，青木原樹海之下必定有異，而塞伯拉斯則斷言，那裡正是撒旦教的總部。於是，在寺廟中多待三日，讓子誠和宮本武藏都休養好後，我們才再出發。

片刻之前，我們一行七人乘著嘯天犬，來到青木原樹海。

爲了不被敵人發現行蹤，塞伯拉斯便讓嘯天犬降落在距樹海中心較遠的邊緣處。

可是甫踏進樹海，嘯天犬便嗅到一股混合血腥和燃油的異味，從樹海中散發出來。

我們不動聲色，迅速追蹤至此，便發現瘦漢正虐待鈴木胖子。

塞伯拉斯從那瘦漢的服飾推測到他是撒旦教的人，看來是在巡邏時遇到想自殺的鈴木。

本來，我們打算袖手旁觀，待瘦漢料理鈴木後，尾隨他潛進撒旦教的基地。

可是我感覺到胖子身上藏有不少生命能量，爲了有足夠魔氣應付緊接的惡鬥，所以在瘦漢揮刀想要殺死胖子之際，我先行出手將之擊斃，誰知拉哈伯卻忽然下手，扭掉鈴木的頭。

「臭貓，我本來可以吸光這胖子的命，你幹麼無故下殺手？」我看著拉哈伯，不滿的道。

「我最討厭別人替我亂起名字，而且這胖子還把我當作雌貓，實在死不足惜。」拉哈伯沒有正眼看我，只冷冷說罷，便從我的肩膀跳到地上走開。

看著拉哈伯的背影，我眉頭不禁皺了起來。

自從三天前在塞伯拉斯那兒聽到「約櫃」被鐵面人取走的消息後，拉哈伯對我的態度便變得極爲冷淡。

每次談話，他總不正視著我，說話也只是三言兩語便結束。

似乎，他已認定那鐵面人，才是撒旦的眞正轉生。

「找到了。」正在搜查那瘦漢屍體的楊戠忽低呼一聲。

他從瘦漢的黑衣中掏了掏後，伸手一張，掌中躺有一顆銀色的金屬珠子。

金屬珠子雖渾身光滑如鏡，表面卻刻有一道硬幣大小的圓形，當中又有一個較小的圓。

在旁的煙兒瞧了珠子一眼，問道：「戠叔叔，這珠子的形狀那麼像眼珠子？一大一小的圈子不就是眼瞳跟瞳孔嗎？」

「哈哈，小娃兒猜得不錯，這顆金屬珠子名曰『銀睛』。不論形狀大小，甚至重量，也是仿照人類眼球而製。」塞伯拉斯從楊戠手上接過金屬珠子，微笑道：「因爲，這珠正是撒旦教各壇的出入鑰匙。」

「出入鑰匙……對了！上次煙兒跟大哥哥在佛羅倫斯時，也得用上魔瞳才能進入撒旦總壇。」煙兒雙手一拍，恍然大悟。

「嗯，不過後來那魔瞳可被磨成一團肉碎。」我想起也覺婉惜。

「其實那些機關不需用上眞正魔瞳，只要放上普通眼球或者是這『銀睛』就行。當然，某些比較重要的地方，其開關『銀睛』裡會有特殊感應晶片。」塞伯拉斯搖搖頭道：「唉，好好的一顆魔瞳可就給你倆浪費。」

「那也沒法子，我們當時身上沒有這『銀睛』。」我攤手無奈的道，心裡卻暗讚這個用眼珠來開門的方法。

雖然人人也有一雙眼珠，但一般人很難猜到機關的開關鑰匙就是眼睛，即便知道，凡人也不會隨便挖出自己的眼，畢竟眼睛毀了就不能再生。

「別再磨蹭了。子誠，接住！」站在遠處的拉哈伯沉聲把我們的說話打斷後，長尾忽然一揚，把一團東西朝子誠擲去。

子誠聞言，伸手接住飛來之物，卻發覺那東西竟是我割下來的瘦漢人頭。

「你看看這瘦漢究竟是從哪裡冒出來。趁敵人還未發覺，我們要盡快潛進基地，攻他們一個措手不及。」拉哈伯從地面一躍到塞伯拉斯寬闊的肩膀上，看著子誠說道。

子誠點點頭後，便即鼓動魔氣，喚醒「追憶之瞳」。

「得罪了。」左眼變得殷紅的子誠抱歉說罷，便靠近滿是污血的頭顱，緊瞪著瘦漢無神的眼睛。

半晌，子誠忽然伸手一指，指住宮本武藏旁邊一株大樹，道：「在那大樹底下，有一個被樹根掩蓋的小坑洞，似乎就是鎖孔。」

宮本武藏走到子誠所指示的大樹前，向子誠問道：「這株嗎？」

看到子誠點頭，宮本武藏半蹲下來，粗糙的手一抓，把那些深陷土中的樹根拔起，果見有一小坑洞藏在沙堆之中。

我走到武藏旁邊，低頭細看，發覺那坑洞若一米直徑的泥土顏色，明顯較範圍以外的淺。

「看來這機關跟佛羅倫斯總壇一樣，打開後地板便會向下急降。」我抬起頭來，朝塞伯拉斯問道：「要進去了嗎？」

塞伯拉斯似乎想起仇人就在腳底下，眼中殺氣忽現，冷笑道：「嘿，老納這次有拉哈伯助陣，終於可以跟那廝鬥上一鬥！」坐在塞伯拉斯肩上的拉哈伯聽罷，只冷冷的瞪了他一眼。

「和尚，別忘了我們的約定啊。」我笑道，從塞伯拉斯的手上接過「銀睛」。

「嘿，放心吧！老納會跟拉哈伯牽制薩麥爾，小子你就乘機取走『約櫃』，」塞伯拉斯走到我身旁，「但若然你被天雷擊斃，那老納也難以守約了。」

我笑道：「這基地離地面可不近啊，若有雷電，也不能穿越這層厚土吧？」

只見塞伯拉斯搖搖頭，正容道：「天雷可不是普通雷電所能比擬，若不是有驚天動地的威力，薩麥爾又怎會千年來都不敢觸碰『約櫃』？」我只笑了笑，沒有回應。

待所有人都站在泥土顏色較淺的範圍上，我便將手中「銀睛」，輕輕放在底下的小坑洞上。地面傳來一絲細密響聲，卻是那恰恰嵌在坑洞上的「銀睛」，忽地急速自轉起來。

衆人知道機關將要啓動，一時間都沉默不語，四周頓時靜下，氣氛徒然添了數分緊張。

這時，我手掌忽傳來一陣冰冷，低頭一看，但見一隻柔軟嬌小的手，正緊緊握住我，卻是煙兒。只見她臉色蒼白，雖掛著笑容，眼中的憂愁卻顯然易見。

我微一用力，握緊她的手，道：「煙兒別怕，大哥哥在。」煙兒感激地看著我，眼神堅定些許。

突然間。

「隆！」我們所站立的地塊，忽以極高速度向下急墮！

我們眾人才剛降到地面之下，周遭忽然一黑，卻是有另一塊板塊封住頭頂的入口。瞬間的黑暗使我一時看不清狀況，但我卻聽得出，除了拉哈伯和塞伯拉斯依然氣定神閒外，其他人的心跳也都稍稍加劇。

下降了若莫一分鐘的時候，我們所站的地板忽然一震，接著眼前一亮，卻是到了撒旦教的基地之中。

兩名負責看守出入口的教眾，驚見我們突然闖入，連忙架起步槍，瞄住我們喝道：「你們是……」可惜話未說完，二人已被楊戩和宮本武藏迅速扭斷脖子。

嘯天犬吃掉兩具屍體的同時，我們終於看清四周環境。

但見我們身處的地方，是一間面積不大的圓室。圓室設計簡陋古舊，凹凸不平的石牆上掛滿火炬，映得忽明忽暗。

除了頭上那條直達地面的通道外，室中前後左右四方，皆有一道緊閉的圓頂大門。

「我們要進去哪道門？」我走到其中一道大門前，伸手輕撫，卻見正中又有一半圓坑洞，似乎要再次使用「銀睛」來開啓。

塞伯拉斯環顧一遍後，朝已變回獅子般大小的嘯天犬說道：「嘯兒，嗅嗅有沒有羽兒或薩麥爾的氣味。」

嘯天犬低頭在地上嗅了一會兒後，忽朝南方和西方的大門低沉地吠了一聲。

騎在嘯天犬身上的楊戩閉目掃了掃牠的長毛後，便睜眼說道：「嘯天說南方和西方的大門都傳來薩麥爾的氣息，不過南面的氣味較濃，而西門則有少許三弟的氣味。」

塞伯拉斯摸著下巴沉思片刻，轉頭朝拉哈伯問道：「你意下如何？」

「兵分兩路，我跟小塞你進南門，小諾跟其他人去西門。如果嘯天沒有嗅錯的話，薩麥爾正在南門那邊，不久之前則曾在西方待上一會兒。」拉哈伯搖搖尾巴，跟我說道：「『約櫃』不能隨便搬動，說不定就是藏在西門那邊。即便不是，你們亦可趁機救出那臥底，再來跟我們會合，那樣子我們便會多添一分戰鬥力。」

「假若西門甚麼也沒有呢？」我問道。

拉哈伯看著我，道：「迅速回到這兒，再進東門跟北門。要是通通沒有的話，便來南門嘗試追上我和小塞。我們但求隱藏行蹤，前進速度不會太快。但若然你們眞的找到『約櫃』，便先帶它離開，只要離去前讓嘯天吠一下告示我們就行。」

「先走？那你們怎麼辦？」我訝異道。

拉哈伯冷笑一聲，朝三頭犬瞥了一眼，「雖然我倆未必能勝過薩麥爾，但逃走的本領，還是有的。」

聽得拉哈伯這樣說，我只好點頭答應。

這時，塞伯拉斯走到嘯天犬面前，把掌伸到牠的嘴前，道：「嘯兒，給我兩顆眼珠。」

嘯天犬忽然大嘴一張，吐出兩顆沾滿唾液的眼球到塞伯拉斯手中，似乎就是剛才吃掉的撒旦教衆的眼球。

塞伯拉斯將其中一顆交給楊戩後，便道：「你們先出發吧！」

楊戩點頭應是，便將那顆眼珠塞入西方大門上的坑洞中。

那眼珠甫滑進坑，便像剛才的「銀睛」急速旋轉，數秒過後，那大門忽地朝上打開。

只見大門之後，是一條跟圓室截然不同，燈光通明的先進走廊。

「義父，萬事小心。」楊戩說罷，率先騎著嘯天犬走進大門中，其他人亦立時尾隨。

離開圓室之前，我跟拉哈伯笑道：「臭貓，你可別那麼快死啊。」卻見拉哈伯閉上眼睛，沒有

回應，似乎故裝聽不到。

我看在眼裡，心下有氣，冷哼一聲，便即轉頭走進大門中，才走了數步，身後忽然響起一陣沙沙之聲，卻是大門重新落下。

可是，就在大門快要封閉之前，一道聲音忽然傳進我耳中。

「臭小子，你可也別那麼快去『地獄』報到。」

拉哈伯用傳音入密跟我說道，語氣一貫冷淡。

我聞言，微微一笑。

第二十七章——地下密室

第二十七章　地下密室

大門之後，只見是一條鋼牆通道。通道頂頭雖鑲滿光線柔和的白光燈片，但路徑卻如蜘蛛網般，錯綜複雜之極。

每走數步，面前便會出現數道岔口，要不是仗著嘯天犬極佳的嗅覺，捕捉薩麥爾留下的絲微氣味，亂闖之下我們定必迷路。

我們依照楊戩指示，不停左轉右拐，以極快的速度穿越迂迴曲折的小道。

可是我們一路走來，沿途都沒遇上其他人。

幽靜的走廊，只迴響著我們的腳步聲。

「真奇怪，這般先進的基地，竟然一台監視器也沒有。」跟楊戩一同坐在嘯天犬上的煙兒，青絲隨風飄揚，不解說道。也許煙兒身上散發著不少狐息，所以平時只讓楊戩和塞伯拉斯親近的嘯天，竟破例讓煙兒坐在其上。

雖沒表現熱情，卻也沒有抗拒。

「楊戩的『千里之瞳』看不透頭底這層土地，那顯然這基地之上安裝了擾亂魔氣的裝置。」我腳下不停，抬頭上瞧，道：「據聞指南針進了樹海都會失靈，雖有一說是地下磁場所致，但我想實

際原因乃撒旦教設下的裝置，除了魔氣外還會干擾一般電子儀器，所以撒旦教本身才沒有安裝監視器。」

「可是我們沿途卻沒有碰到任何教衆，即便沒有監視器，也應該派人巡視一下吧？」煙兒問道。

我微一沉吟，正想答話之時，一直走在前頭的宮本武藏忽道：「誰說沒人？」

我正待要問，只聽得前方忽傳來十數道齊整的腳步聲，接著在轉角突然有爲數十二名的武裝部隊走了出來。

這武裝部隊全都穿上黑衣，身上掛滿裝備槍械，似乎就是撒旦教的「殺神」小隊。

這小隊顯然訓練有素，看見我們雖呆了一呆，片刻間即意會是入侵者，十二人雙手一致地往腰間探，想取出武器。

可是，宮本武藏那高大的背影，不知何時，已如死神般矗立在他們之後。

他們的步槍才舉到半途，十數頭顱，已然掉到地上。

「質素，還眞是一成不變。」宮本武藏冷冷的道，身上黑武士服未有沾上絲毫血花。只見他輕輕將手從大太刀的刀柄上拿開，彷彿腰間的刀，由始至終未曾出鞘。

我看著那十二具無頭屍，不禁對宮本武藏的刀法大是佩服。

剛才我只隱隱看到少許刀光，他已在一瞬間完成「拔刀、斬首、入鞘」的連環動作，還一下子連取十二顆頭顱，手法當眞清脆之極。

雖說我魔瞳未開，但這手快如迅雷的拔刀術，委實出神入化，要是我拿到「約櫃」後要跟他比試，沒有神器之助，勝負也實難料。

就在這時，楊戩突然舉手，示意我們停下來。

「就是這兒，薩麥爾之前便是從這兒離開。」楊戩從嘯天犬身上跳下來，走到剛才黑衣部隊閃出來的轉角位置。

我探頭一看，只見轉角走廊的盡頭是一道光滑的精鋼大門。

這大門雖跟之前所見的一樣，中間有一半圓坑，但圓坑旁邊卻另有一組數字鍵。

「除了眼球，還要密碼呢。」我走近那大門，看著門上自己的倒影說道。

楊戩走到我的身旁，道：「讓我先看看裡面的情況吧。」語畢，楊戩便即閉上雙眼，鼓動魔氣，額上血縫一張，顯露出那妖異的「千里之瞳」。

只見「千里之瞳」神色邪惡，左顧右盼，瞳孔顫動，縮放不停。

片刻，楊戩把魔瞳收起，張眼皺眉說道：「裡頭是一間實驗室，除了大門有兩名負責看守的教衆持有武器，其餘只是手無寸鐵的研究員。另外，實驗室其中一扇門後的情況，『千里之瞳』卻完全看不到，似乎藏有重要之物。」

武藏轉過頭朝楊戩問道：「三哥人在裡面？」

「暫時不見其人。說不定，他就在我看不透的門後。不過，」楊戩說罷頓了一頓，看著我說：「『約櫃』正在實驗室裡面。」

「約櫃」。

|||

聽到楊戩的話，我的手握緊一下，嘴角不禁微微上揚。

如果一切如願，帶走「約櫃」離開此地的話，我成爲眞正撒旦的機會便會大增。

不過，爲稍有差池，我便會遭受天雷轟頂。

我摸著下巴想了一會兒後，問道：「『約櫃』正在被人研究嗎？」

「雖然沒有工作人員在它附近，但有不少儀器正對『約櫃』進行掃描和分析。」楊戩說道。

「既然如此，我們只殺兩名守衛，其餘的工作人員則擊昏如何？」我看著楊戩問道。

楊戩點頭答應後，伸手到嘯天嘴前，接著嘯天便吐出其中一顆黑衣部隊隊員的人頭。

楊戩將那沾滿唾液、死不瞑目的人頭遞給子誠，道：「勞煩你看看這大門的密碼。」

神情有點委靡的子誠強笑一下，接過頭顱，便打開「追憶之瞳」，瞪視那無神的眼睛。

數秒後，他散去魔氣，說道：「密碼是『零七一五』，而且要先放眼珠，六秒後才按下密碼。」

我「嗯」了一聲，從子誠手上接過人頭，心裡卻對他失魂落魄的樣子暗自留上了神。

自從在孤兒院殺了院長、遭逢「天劫」後，子誠便整天呆若木雞，常常出神，說話也總是沒精打彩。

我知道，這是因爲他誤以爲院長曾強姦了他妻子若濡之故。

在子誠身體溶解時，其神智處於極度混亂的狀態，所以之後我將孤兒院衆人送進「地獄」，吸食優子靈魂的事，他全然不知。

到他醒來時，我們已身處那古廟中，爲免多生事端，我便騙他說我將院長的房間清理好後，便用魔瞳製造幻覺，讓優子以爲自己被侵犯的經歷只是夢。

子誠聽到，也只淡淡的說了一句「那就好了」，便不再詢問。

如果現在我告訴他院長其實未曾侵犯過優子，必定使他起疑。

更何況，這些負面情緒，可使他更得心應手地運用魔瞳。

剛剛，他也不過花了數秒，便能閱讀那士兵的記憶。

「子誠，如果待會看見李鴻威，你會立時殺了他嗎？」我徒手挖出頭顱上的眼珠，邊把它放進門上小坑邊向子誠問道。

眼珠滑進坑中，立時急速自轉，濺起一陣血水。

我在心中默數。一，二，三，四，五，六。

「我……我不知道，我覺得，有點累了。」子誠回答時，語氣徬徨。

「那先別想，找到他才作打算吧。」我微笑說道，手指在冰冷的數字鍵上按下密碼。

或者，我應該幹些甚麼，來刺激一下子誠，讓他的仇恨心重新燃燒起來。

我腦中思想急轉，頓時萌生了數個邪惡的念頭。

這時，面前大門忽地打開。

兩張驚惶錯愕的臉孔分現左右，但在下一秒已經被我抓住，碰在一起，混成一團血肉。

我跨過兩名守衛的屍體，拍拍雙手，同時催動魔氣，打開「鏡花之瞳」。

實驗室中的研究人員聞聲轉頭一看，所有眼光盡放在我那惹人注目的血紅瞳孔上。

我看著滿臉驚訝的他們，張嘴一笑。

突然間，他們的視覺中，出現我那些並不存在的分身。

研究人員大驚失色，想要反抗，但我的「分身」卻動作一致地朝衆人的脖子輕揮一記手刀。

痛楚雖然虛假，卻騙了那些極度依賴視覺的腦袋，於是這些研究人員們便切切實實的昏迷過去。

「乾淨俐落。」楊戩看著同時摔倒地上的工作人員讚道，身後大門同時「刷」的一聲關上。

「過獎。」我欠身微笑後，環視四周一下。

但見實驗室成方形，面積頗大。除了我們背後一方，室中三面也有一座座巨型的先進電腦倚牆而建。看到電腦螢幕彩光閃閃，正常運作的樣子，似乎這兒並未受到干擾。

不過，這些東西並沒有讓我的目光停下來，因爲室中盡處另有一物，很快便把我的注意力抓緊不放。

遠處，偌大的玻璃容器內，閃爍著微弱的金光。

兩具嬰兒大小，容貌栩栩如生的天使金像，四目輕閉，神色安祥，兩手合十，相對而跪。他們背上都長有一雙與身形極不相襯的大翅膀，相互緊緊包裹對方。

以及膝下那座，毫不起眼的長形方櫃。

「『約櫃』。」我走到那容器前，伸手撫摸玻璃，看著那對靜默的基路伯，道：「這方盒，就是傳說中的『約櫃』，對嗎？」

「不錯，就是二千年來，一直放在撒旦故居的聖物，想不到撒旦教主眞的把它帶到這兒。」楊戩走到我身旁說道。

我沒有回話，只一心注視著玻璃後，這個流傳數千年的「約櫃」。

那對靜默的基路伯雖然金光滿身，格外觸目，但那個殘舊的方櫃，都比這一切更吸引著我。

我看著「約櫃」，感覺很陌生，但又似乎在很久之前，已經見過它。

櫃子中，彷彿有甚麼東西在呼喚著我。

彷彿有一個被困了很多、很多年的人，在求我把他從黑暗中釋放出來。

一個懷有無盡悲傷的人。

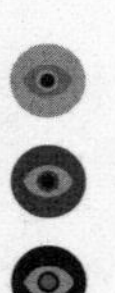

「是『地獄』嗎？」我一時間竟喃喃自語起來。

正當我想得出神之際，旁邊的楊戩忽然抓住我的肩，用力一搖，喝道：「小子！」劇烈的搖晃使我回過神來，我定了定神，轉過頭看著楊戩，不解的問道：「幹麼？」

楊戩皺起眉頭，道：「小子，你也看得太入神了罷？」語畢，他指了指我的右手。

我低頭一看，只見我放在玻璃上的右手，不知不覺間竟用上了力，把容器按出無數裂痕。

我看著龜裂了的位置，心下微感愕然。

要不是這玻璃容器厚實如牆，相信我剛才早已把它按破，但偏偏我對自己的動作卻又懵然不覺。

「『約櫃』眞的那麼吸引嗎？竟使你看得如此出神。」楊戩看著我笑問。

我正容道：「難道你不覺得，它好像擁有一股無形的聲線，在默默呼喚你，希望你釋放它嗎？」

楊戩轉過頭看著安放在容器中的「約櫃」片刻，臉現疑色，道：「沒有啊。」

我只點點頭，沒再說話。

也許因爲我是撒旦轉世的關係，所以才會和「約櫃」中的東西產生共鳴，如此看來，「地獄」藏在櫃中的可能性又增數分。

我留意到容器左右兩側都設置一些掃描裝置，於是轉過頭來，想看看電腦螢幕上的資料，可是看了一會兒，卻對那些複雜的數據不得要領。

「看來要弄醒這些研究員。」我皺眉說道。

我剛蹲在附近一名昏迷不醒的研究員旁時，忽聽得遠處的煙兒語氣焦急的喊道：「大哥哥！」

我抬頭只見煙兒站在一道大門前，臉上滿是焦慮之色，便即走了過去，問道：「怎麼了？」

「媽媽……媽媽的氣味！煙兒嗅到媽媽的氣味，從這房中傳出來。」煙兒指住大門急道。

這時，楊戩聞聲走來，說：「方才我的『千里之瞳』就是看不透這房子。」

我稍微觀察，發覺那大門除了安放眼球的坑洞外，旁邊還有一組數字鍵。

這房子的外層顯然被特殊物質覆蓋，因此楊戩的「千里之瞳」並不能隔空窺視，偏偏極有可能收藏著「地獄」的「約櫃」卻又放置在這密室之外。

難不成，這密室內藏有比「約櫃」更重要的東西？

我想了一會，決定先看看密室之內藏著甚麼，況且我也答應煙兒要救出妲己。

「這大門也要密碼來開啓，」我轉過跟子誠說道：「子誠，可以去看看那兩名守衛的眼球嗎？」

子誠應了一聲，剛轉身時，一直在旁默不作聲的宮本武藏忽然喊停他：「慢著。」

子誠一頓，回頭不解地看著他。

宮本武藏站在密室大門的旁邊，閉目輕撫牆身，兩道濃眉緊鎖，似乎在觀察甚麼。

半晌，他忽地張開眼睛，拔出腰間大太刀，雙手緊握刀柄，高舉過頭，然後朝牆身輕輕一斬。

武藏這招似緩實快，當中所含勁力非凡，刀鋒下劃之時，四周更是刮起一陣狂風。

可是當刀尖著地時，那鋼牆牆身卻是絲毫無損，光滑如新。

但見武藏把大太刀插回刀鞘中，冷冷的道：「這樣子省事得多。」

一語方休，他面前的鋼牆，竟忽然崩裂出一道巨大裂縫來！

那道裂縫足有二米高，容一人穿越有餘。由於鋼牆上沒有裝設防盜裝置，所以如斯巨大的破壞並沒有驚動他人。

我看著那條大裂口，愕然道：「你這一刀也太誇張了吧？」

武藏沒有答話，只白了我一眼，便逕自走進密室之中。

楊戩見狀，便跟我小聲說道：「莫要見怪，武藏他向來嫉魔如仇。他曾立下重誓，除了我們數位結拜兄弟和義父外，逢魔必殺。」

「逢魔必殺？他跟魔鬼有甚麼深仇大恨嗎？」我奇道。

楊戩看著武藏的背影，嘆了口氣，道：「不共戴天之仇。」

我看著武藏孤高的身影，心中忽有一絲感慨。

「算了，不跟他多計較。有機會再跟我說一下他的事吧。」我朝楊戩笑道。

楊戩感激的點了點頭，便即越過裂縫，走進密室之中。

或許每個魔鬼，都有一件刻骨銘心、難以磨滅的往事，使他們自身，變成一種悲傷。

拉哈伯如是，子誠如是；塞伯拉斯如是，宮本武藏如是。

但我自己呢？

我的腦海沒由來地浮現了這個問題。

一直以來，驅使我行動的，不過是拉哈伯跟師父的願望，但我自己卻似乎沒有甚麼目標可言。

一切羈絆，似乎也不過是隨「獸」的血記而來。

究竟，我是為了甚麼而活？甚麼而戰？

想到這，一股莫名的疲憊感忽然襲上心頭。

「大哥哥，快進來看！」煙兒在密室內的喊聲，把我從沉思中拉回現實。

我用力搖頭，讓思緒稍微冷靜，便即快步走入密室中。

我越過鋼牆的裂縫，探頭一看，只見這密室比外面的實驗室大上三倍有餘，可是室內密密麻麻的，盡是一種充滿淺藍色液體的柱狀容器，而每副容器內，竟都藏有一名渾身赤裸的人！容器排列得井然有序，整間密室昏昏暗暗，這些圓柱卻將四周映照得藍光隱現，少說也有千支。

我稍微走近，發現那些被困在柱中的人，偶爾會有些氣泡從他們鼻子湧出，證明柱中的人還有呼吸。

但見他們閉目而立，一動也不動，乎似都被麻醉了。

「這些是甚麼東西？」我疑惑地道，一時猜不透這些人的來歷。

臉孔被映成淺藍色的楊戩，凝視圓柱中赤裸裸的人片刻，忽然詫異道：「這人是魔鬼！」

「甚麼？魔鬼？」我驚訝的道。

「對！這魔鬼活躍於歐洲，平常深居簡出，我在數百年前跟他照過面。雖然很久未見，但我絕不會認錯。」楊戩說罷，繼續不停東張西望，很快便指住另一人，叫道：「他也是魔鬼。」

我看著這些藍柱子，皺起眉頭，「難不成，這些圓柱所藏的盡是魔鬼？」

一直站在我身旁的煙兒聞言，忽喊了聲「媽媽」，便拔足跑向旁柱群找妲己去，楊戩他們見狀

也立時動身，尋找那失蹤的臥底。

我看了看身邊幾個容器，發覺當中的人，樣子有些奇怪。

我藉著那微弱的藍光，定神細看，發現那些人的眼皮，全都一凹一凸。

眼皮下陷，表示眶中眼珠已被取走。

「難道這些魔鬼的魔瞳，都被撒旦教挖走了？」我心下暗忖，卻想不出撒旦教此舉目的。

近年來，撒旦教施盡手段將世界各地的魔鬼收歸旗下，可是我跟拉哈伯都猜不透其用意，因爲他們一直都沒作甚麼驚天動地的事。

眼下這密室中收藏了不少魔鬼，撒旦教的用意顯然不光是想擴充實力，因爲一個魔鬼沒了魔瞳，也不過是名普通人而已。

撒旦教不單保留住這些人，還讓他們繼續生存，究竟所爲何事？

我想了一會兒，卻百思不得其解，便先擱下，快步向前。

沿途走來，只見四周的柱子外形毫無分別，連容器中的人，站立姿勢也是一模一樣。

我留神觀察，始終見不到妲己蹤影，走著走著，不經意已到了密室盡頭。

當我打算回頭再尋時，突然察覺到腳下地板上，浮現一股不尋常的紅光，若隱若現。

要不是現在密室燈光全熄，細心看的話亦絕難察覺得到。

這股紅光有別於一般顏色，雖然鮮艷如血，但卻令人暗覺心寒。

那是，魔瞳散發的獨有邪光。

≡

「看來，找到密室中的密室呢。」我笑道，俯身去看，只見那些紅光從牆腳處散發出來，從頭到尾約有一米，似乎就是門的位置。

我看看大門周圍，卻找不到任何暗孔，於是伸手在牆壁上緩緩撫摸，嘗試找尋隱藏機關。

就在我的手掌按到中間位置時，面前忽然響起「啫」的一道聲音，接著大門倏地向上急升，顯露出牆後的密室。

霎時間，我面前血光大作，教我不得不以手遮眼。

數秒過後，視力這才回復過來。

這密室遠比外面小，左右分別是一排排蜂窩形狀的鐵櫃子，而每一格，也都藏有一顆眼球。

一顆擁有血紅瞳色的眼球

整間密室，就是散發著如此嚇人的腥紅氣息。

「竟儲藏了成千上萬的魔瞳，撒旦教究竟甚麼葫蘆賣甚藥啊？」看到如斯壯觀又詭異的情景，我不禁喃喃自語。

只見所有魔瞳都被安穩地放置在這蜂窩似的鐵櫃，一格一顆。

每一格子注滿一種淺桃色的液體，格口前則有玻璃封密妥當。

但見魔瞳浮浮沉沉，也不知這些液體的顏色是本身所有，還是被魔瞳的紅光照射所致。

一般來說，魔瞳若果被取出來，瞳孔並不會呈現紅色，只有魔鬼打開它時將之挖出，才會讓魔瞳保持活躍狀態。

不過，這情況只能維持一會兒，現在密室中的魔瞳瞳色卻盡皆鮮紅，似乎它們浸著的液體，並不簡單。

我站在鐵櫃前想了一會兒，正要叫喚其他人時，忽然聽得密室盡處傳來一陣細密聲響。

嗡嗡，嗡嗡。

嗡嗡，嗡嗡。

「誰？」我沉聲問道，卻久久沒有人回應。

我立時提高警戒，緩緩走進密室盡頭。

但見密室的盡處，有三具長方形的柱子分豎三角。

方形柱上皆蓋有一層厚厚的黑布，而剛才聽到的嗡嗡聲就是從左方柱子中發出來。

「誰在裡面？」我再次問道，回應我的依舊是密集的「嗡嗡」聲。

我動作極輕的走近那柱子，抓住黑布一角，用力扯下，同時往後急躍！

我本以為會有甚麼機關襲擊，但黑布之下，卻不過是一具普通的玻璃箱。

玻璃箱內滿是活生生的蒼蠅，剛才聽到的嗡嗡聲就是由此而來。

「果然是撒旦教總部，密室裡盡是千奇百怪的東西。」我皺眉看著滿箱蒼蠅。

瞧了片刻，看不出有甚麼特別，我便用黑布蓋回箱子。

雖然那些在箱中走來走去的蒼蠅毫無特別之處，這已令我對另外兩個箱子產生興趣。

於是我走到中間那個箱子前，揭起黑布。

但當中所載之物，卻使我極其震撼，如遭雷殛，呆在當場。

這一次，沒有嘔心的東西，裡面只有一具赤裸裸的屍體。

一具，渾身通黑，頭上長有一雙長角，相貌卻出奇地俊美的屍體。

一具，沒了雙眼，表情冷漠，神態卻不怒自威的屍體。

一具，上身佈滿血紅圖騰，讓人不寒而悚的屍體。

那圖騰，是「獸」的記號，六六六。

這屍體，就是聖經所說、最接近神的人。

地獄之皇。

撒旦·路斯化。

第二十八章——鐵面背後

第二十八章 鐵面背後

箱子中那黑黝黝的身形，不斷震撼我的心靈。

雖然我未曾見過自己「獸化」的形態，但單憑內心深處那迴盪不已的共鳴，我就知道眼前的屍體，正是我變成撒旦後的模樣。

這具屍體，毫無疑問，就是我的前身。

上代撒旦！

我仔細觀察一下屍體，發現它胸前有一拳頭大小的傷口，當中心臟早不翼而飛，這模樣印證了拉哈伯之前提過，撒旦被薩麥爾挖心而死的說法。

撒旦雖已死了二千多年，但他的屍首除了空洞的眼眶和心臟前的傷口外，其他地方出奇地完好無缺，看來薩麥爾對舊主情誼未忘，將屍體保存得甚爲妥當。

只見撒旦神情肅穆，雖渾身黯淡無光，但結實的肌肉稍稍鼓脹，活力十足。

挺拔的身材、微握成拳的雙手、攝人心魄的容貌，加上那身只屬於他的完全黑暗皮膚，不需任

何言語動作，光是看著這全黑屍首，就讓人覺得撒旦依舊在生，隨時會破箱而出，顛覆世界。

這種磅礡氣勢，我何時才能擁有？

正當我快要入神時，煙兒的聲音忽在背後輕聲響起：「大哥哥。」

我一回頭，只見眾人已站在密室門外，全都被室中數目龐大的魔瞳弄呆。

「你們都來了。」我點頭示意他們進來看看。

「我們被那些紅光吸引進來，卻沒想到竟是魔瞳的邪光。」楊戩看著蜂蜜鐵櫃內的魔瞳，皺眉說道：「這等數量，可是收藏了現有大部分魔瞳。」

我問他道：「有找到他們嗎？」

只見楊戩搖搖頭，說：「沒有，妲己和我三弟都不在外面。」

「天啊，這撒旦教收藏這麼多魔瞳，究竟有甚麼陰謀？」煙兒臉上盡是難以置信的神色，一路走來一路東張西望。

可是當她的眼光掃到我這邊時，她雙眼忽地瞪大，指住我身後的黑色屍體驚呼道：「大哥哥，你後面的人是誰！」

眾人聞言，轉身一看，皆被撒旦二千年前的威容所攝，全都驚訝得目瞪口呆。

「這，這不就是撒旦嗎？」楊戩畢竟活了數千年，修爲較深，首先冷靜下來，可是語氣依然激動。

我看著他，問道：「這是他的屍首，二郎神認得他？」

楊戩朝我微微點頭，臉上罕有地流露出敬意，道：「我跟隨義父已數千載，當年更是與他老人家一起貼身守護撒旦。撒旦的威容氣魄，舉世無雙，我自然認得。」

楊戩說罷，跟嘯天犬說道：「嘯天，這氣味沒錯就是撒旦吧？」

只見嘯天犬走上前來，仰首一嗅，然後吠了一聲，似乎確認屍體眞僞。

「撒旦被殺後，屍體便不知所蹤，想不到原來被薩麥爾收藏在這兒。」楊戩走到我身旁，看著箱子內的撒旦，嘆道：「其實義父一直因看不到撒旦最後一面而耿耿於懷，但若給他看見撒旦的遺容，也不知是好是壞。」

站在楊戩邊的嘯天犬似有所感，伸首在楊戩的腳上磨蹭一下，以示安慰。

「是好是壞，也總算了結一個心願。」我輕叩玻璃箱子，從回音聽來箱子不算堅實，於是便跟楊戩說道：「我們就把撒旦的屍體順道拿走吧。」

我提出這建議，除了想改善跟塞伯拉斯的關係，還想調查一下撒旦轉世背後的玄機。

目前爲止，卽便是拉哈伯也對撒旦轉世的事情不盡理解。

我跟鐵面人爲何會是撒旦二世？我的親生父母究竟是誰？

對於這些疑團，我們始終毫無頭緒。

雖然我不知撒旦屍體對我倆的爭鬥有沒有實質影響，但在它身上或許能找到一點線索。

而基於塞伯拉斯對撒旦的崇拜，楊戩亦沒有拒絕的理由。

果不其然，楊戩聽到我的話後，想了一會，便點頭答應道：「好，這樣一來可以一挫撒旦教的銳氣，也算圓了義父的心願。」

「那就要請東瀛劍豪出手了。」我轉過頭來，朝宮本武藏笑道：「爲免撒旦的遺體有損，你能不能把整個玻璃櫃切割出來？」

宮本武藏冷哼一聲，算是回應，便走到玻璃箱子，蹲下輕撫，似乎在猜測箱子跟地面連接處的厚度。

片刻，他站起來，頭也不回，只伸手在背後擺了擺，示意我們遠離一點，我們也依指示後退數步。

宮本武藏用手輕輕握住大太刀的刀柄，閉上雙眼，全神貫注的預備出招。

可是，就在他快要拔刀之際，左方玻璃箱突然發出一下沉重的聲響。

「碰！」

黑布之下，似乎有東西在碰撞箱身。

「誰！」反應敏銳的宮本武藏倏地躍開一旁，拔出長刀，直指箱子，沉聲喝道，但箱中東西沒有回應。

只是，不斷地發出那規律的碰撞聲。

碰。

碰。

碰。

碰。

「鼠輩！」

宮本武藏瞪目怒罵，長刀忽地高舉向天，然後朝玻璃箱子隔空一斬。

蓋在箱子上的黑布，在一瞬間被宮本武藏的刀勁化成無數布蝶亂舞，我們這時才看得見箱中情況。

但見那玻璃箱子內，竟有一人跪在地上，缺了雙手，不停以額頭敲打箱子！

我藉著室中紅光一看，發現那是一名長髮披面、衣衫襤褸的男人。

男人看來四十多歲，其貌不揚。雖雙眼緊閉，面容憔悴，神色卻出奇的冷靜自然。

男子最奇怪的地方，是他雙眼眼皮不像平常人微微凸出，而是凹陷下去，看樣子似乎眼珠已被挖掉。

如此看來，這人大有可能是魔鬼，雙眼空洞，是因魔瞳被取所致。

但他究竟是誰？又犯了何事，要被困在這密室呢？

正當我看著這男人思索時，楊戩忽然詫異問道：「你是……羅佛寇？」

「甚麼？」我看著楊戩，驚訝不已。

羅佛寇是現存的魔界七君之一，擁有能操縱別人的「傀儡之瞳」。

他這些年一直在薩麥爾陣營，撒旦之死，他可說是幫兇之一。

只是後來不知何故，他的魔瞳竟在轉移到現任撒旦教主鐵面人身上，現在又被困於此，想來背後另有一番內情。

這時「碰碰」之聲忽止，卻是箱子中的男人聽到楊戩的話，停了動作。

片刻，那男人緩緩地點了點頭！

「你果眞是羅佛寇！」雖早猜到男子身分，但看到他親自承認，楊戩還是驚愕十足，「羅佛寇，你怎麼會被囚禁在這兒？」

羅佛寇聽到了，沒有回話，只抬起頭，張大口朝著我們。

卻見羅佛寇口中空蕩無物，舌頭竟齊根被人割斷！

「難怪他一直默不作聲，連吸引我們注意也得用頭敲打箱子來發出聲響。」我向楊戩疑惑問道，「羅佛寇不是一直跟隨薩麥爾嗎？照說應是撒旦教的重要人物，怎會被困在這兒，還遭受拔舌之刑？」

「這一層我也不淸楚，要知薩麥爾爲人喜怒無常，就算有人討他歡心，只要薩麥爾稍有不悅，也可以瞬間下殺手。說不定羅佛寇就是得罪了他，所以才會被人鎖在這箱中活受罪。」楊戩跟我說罷，便皺眉看著羅佛寇，大聲問道：「是薩麥爾將你囚在這玻璃箱子中嗎？」怎料羅佛寇竟搖頭否認。

楊戩微感驚訝：「這就奇了。」

我看著羅佛寇，沉思片刻後，便提聲向他問道：「挖走你眼珠、切掉舌頭，然後鎖在此處的人，是你們撒旦教那臉戴『明鏡』的新任教主吧？」

羅佛寇聽到我的問題後，渾身忽然顫抖起來，臉上懼色大現，呆在原地不動。

良久以後，才緩緩點頭！

「猜對了。」我冷笑道。

「先是令薩麥爾把撒旦教主之位拱手相讓，又將七君之一的羅佛寇困在這兒，而羅佛寇光聽到他名號便嚇成這個樣子，」楊戩皺起眉頭道：「這新任撒旦教主，眞不簡單。」

「當然不簡單，不然怎會是撒旦轉世。」我笑了笑。

羅佛寇終日被囚禁在這小箱子中，周身不能伸展，加上失去雙目，密室又似是久無人至，活在這完全黑暗、無聲無息的環境，實比死好不了多少。

「眞想不透爲甚麼薩麥爾會讓鐵面人留在身邊，更讓上教主之位。」楊戩皺眉道：「撒旦當初就是被薩麥爾所殺，他現在可是養虎爲患啊。」

「鐵面人的情況顯然跟我一樣，還未到達撒旦當初實力，所以高傲的薩麥爾才會放心留住他吧？」我摸摸下巴，看著背後還掩上黑布的箱子，道：「這裡三副玻璃箱，一具藏有『地獄之皇』撒旦的屍體，一具囚禁著魔界七君羅佛寇，但偏偏這一具卻風馬牛不相及，只有滿箱子的蒼蠅，眞是奇怪。」

我才把話剛說完，楊戩忽然高聲驚道：「你說這箱裡有甚麼！」

我看著他，微感錯愕的道：「就是蒼蠅啊。」

楊戩聽到我的話，立時走到那箱子前，一把揭起黑布，顯露出那滿是蒼蠅的玻璃箱。

我看著楊戩，奇道：「這有甚麼特別之處嗎？我看來看去也不過是一箱普通的蒼蠅。」

楊戩沒有回應我，只神色謹慎地看著玻璃箱子，過了一會兒，忽然伸手，輕輕叩了一下。

箱子內的蒼蠅被楊戩的叩打聲所刺激，一下子鼓動起來，在那擠迫的環境胡亂飛舞。

蒼蠅騷動了好一陣子，卻沒其他動作，我正自奇怪時，那些蒼蠅忽地散開，形成一圓形空白位置。

但見那空間之中，竟忽然顯現出一張灰白色的男子臉孔！

箱中人的樣子了無生氣，眼皮跟羅佛寇一般凹陷，眼睛毫無疑問已被人挖掉。

這人相貌雖然俊美，但一臉膚色灰得發亮，加上鼻子和嘴角不停有蒼蠅進進出出，讓他的樣子頓時變得毛骨悚然。

「這箱子裡竟然藏有另一具屍體。」我驚訝的道，可是話剛說完，那臉孔竟忽地張開眼皮來！

「啊！」煙兒看到那形同死屍的人突然張眼，不禁嚇得大叫一聲，抓住我的手臂。

無數蒼蠅忽然從那雙空洞的眼眶中飛出來，那人的眼皮忽然眨動一下，原本待在那圓形空間邊緣的蒼蠅忽然走開，讓空白的位置變得更大。

箱子容量本就不大，加上現在蒼蠅讓出這圓形空間，更令情況擠迫。

可是，無論圓外多擠擁，所有蒼蠅始終一律不走進圓內，似乎灰白男子擁有操縱蒼蠅的能力。

就在這時，忽有數隻蒼蠅突圍而入，走進圓中某個位置後，便靜止不動。這情況接連發生，我看了一會兒，便發現那些蒼蠅正在聯結組字，看樣子這人的舌頭也被人割掉，得以此法表達。

「誰？」空白的位置出現了由蒼蠅結成的漢字。

「我是三頭犬的義子，楊戩。」楊戩說道。

男子聽罷，忽然張口大笑，可是笑聲嘶啞之極，讓人聽著很不舒服。

我皺起眉頭，向楊戩問道：「這人究竟是誰？」

楊戩轉過頭看著我，眼神甚是複雜，說：「他是二千年前失蹤了的魔界七君之一，『蒼蠅王』別西卜！」

「這灰面人是七君？」我驚訝的看著楊戩。

一直以來，拉哈伯鮮少提及七君的事，別西卜的名號我更是從未聽過。

「別西卜是原始七君之一，但他早應在二千年前死去。」楊戩皺眉看著箱中的灰面男子，道：「第二次天使大戰戰況激烈，不少魔鬼都力戰而死。除了撒旦被弒，另一令魔界感到震撼的，就是『蒼蠅王』別西卜之死。

由於前輩他據有控制及與蒼蠅溝通的能力，所以經常被撒旦委派去刺探軍情。有一次，他如常刺探天使軍的行動，卻從此一去不返。以他的能力，照說應能全身而退，可是過了好一段時間，前輩依舊是杳無音訊。所以我們估計，他可能被天使軍的主力部隊發現而戰死。」

「他現在卻活生生的出現，那麼當年他遇到的，顯然不是天使軍，而是薩麥爾。」我看了看灰面男子，再轉頭朝楊戩問道：「別西卜當年跟撒旦的關係如何？」

「說不上十分好，」楊戩想了想，道：「但他跟薩麥爾的關係，可十分惡劣。」

「爲甚麼呢？」

「實際原因我們也不清楚，但據說是因爲薩麥爾生性極度愛潔，而別西卜常常跟蒼蠅爲伍，所以薩麥爾常覺得別西卜很髒，對他鄙夷得很。」楊戩回憶道。

我摸摸下巴，道：「那麼薩麥爾可能想在反叛撒旦前先削弱他的勢力，所以挑了一直看不順眼的別西卜下手。」

楊戩點點頭，說：「按現在情況推斷，似乎就是這樣子。」

我「嗯」了一聲，眼角看到身旁的煙兒時，忽然醒悟，「對了，七君曾經補選，就是因爲別西卜的失蹤嗎？」

「不錯。二次天使大戰，天使軍跟魔鬼軍勢均力敵。爲免打擊士氣，撒旦和其他七君曾想過將別西卜失蹤的消息隱瞞起來。可是撒旦細想過後，覺得紙始終包不住火，就算另撰藉口，天使軍也一定會找機會公開消息，所以他們最後決定如實公佈別西卜的死訊。不過，」楊戩似乎明白我詢問的意思，將眼光放在煙兒迷茫的臉蛋上，續道：「撒旦同時也設下獎賞：如果有人在大戰中立下突

出虒炳的功績，便可填補別西卜的空缺，成為魔界七君！

「這一來能穩定軍心，又能增加士氣，更能引出魔鬼中的臥虎藏龍，妙著。」我讚道。

「嗯，雖沒實際權力，但能列七君可是超凡實力的證明，而且撒旦乃是衆魔領袖，能成為他直屬部下，地位一人之下、萬魔之上，實是無上光榮。」楊戩頓了一頓，轉過頭對著煙兒說道：「小娃兒，你媽媽妲己當年無論實力儀表皆上上之選，加上她殺敵無數，立功不少，差點兒便當上七君，但最後薩麥爾卻以她不是純正魔鬼為由而拒絕。」

煙兒微笑道：「不要緊啊，媽媽沒有當上七君，生活也過得很好。」

我摸了摸煙兒的頭，朝楊戩問道：「那麼最後別西卜的空缺由誰補上？」

「嘿，位置最後由薩麥爾一位手下擔任。雖然那傢伙的確幹了一宗過人之事，但其時撒旦已死，所以他的地位，並沒得到太多魔鬼承認。」楊戩冷笑道：「不過聽聞那傢伙在二十年前忽然叛離薩麥爾，這些年來沒了消息，說不定已被薩麥爾除去。」

我回頭一瞥，笑道：「這不奇怪，不然羅佛寇跟別西卜也不會雙雙被困在這怪地方了。」

楊戩點頭表示讚同，還要再說時，別西卜忽然控制蒼蠅，在那空白位置組字。

「你……們……來……這……所……為……何……事……？」我輕聲唸出蠅字後，想了一想，便即朗聲答道：「前輩，我們來這想把你救出來。」

這當然是謊言，但別西卜怎說也是前七君之一，現在雖然沒了魔瞳，但實力和影響力還是不可小覷。

別西卜聽罷，深灰色的嘴唇勾起一淺冷笑，似乎不大相信。

細小的蒼蠅再次移動：「你，又，是，誰？」

「晚輩畢永諾，算是拉哈伯的門生。」我語氣誠懇。

別西卜聽到拉哈伯的名字時，臉上閃過一絲訝異。

「是，他，讓，你，來？」蒼蠅慢慢移位。

「對，拉哈伯從得知前輩在此的消息，所以叫我們來救你走。」我說罷，別西卜面前圓形中的蒼蠅忽然一散再聚。

「殘，廢，之，人。」蠅字之後，是別西卜頹喪的臉孔，「救，來，幹，麼？」

「前輩在此被困已久，應該不知外頭情況吧？」我稍為貼近櫃子，認眞的道：「世上魔鬼，絕大部分已被薩麥爾囚禁起來。」

只見別西卜清秀的眉頭一皺，蒼蠅重新組字：「此，舉，爲，何？」

「我不知道薩麥爾的目的是甚麼。」我搖搖頭，續道：「不過，他們的魔瞳都被挖了出來，存放於前輩現在身處的房子中。」

別西卜一震，眉頭皺得更緊，櫃子內的蒼蠅也飛舞得更快。

「他，瘋，了。」蒼蠅揮動翅膀，再度重組。

「前輩，」我深聲試探問：「你知道他爲甚麼要這樣做嗎？」

不知怎地，我覺得別西卜似乎知道一點兒內情。

也許，他被困在這兒跟這有一點關係。

聽到我的問話，別西卜靜了好半晌，這才再次指示蒼蠅。

「知，道。」這答案讓我對別西卜的興趣更增。

我轉過頭，對楊戩輕聲道：「看來，我們要把他一併救走。」

「不。」別西卜驅動蒼蠅，「別，救，我。」

別西卜的反應讓我大出意料，我不解問道：「前輩難道想繼續待在這個鬼地方？」

別西卜沒有立時回答，臉色複雜，過了片刻，才再次移動蒼蠅：「別，問。別，救。」

「爲甚麼？」我皺眉問道。

「你，們，惹，不，了。」

別西卜「說」罷，搖頭嘆息一下，忽然放任蒼蠅亂舞，把那圓形空間掩沒，隱身其中。

「前輩！」楊戩見狀，便即伸手叩打玻璃櫃子，說道：「義父跟拉哈伯也跟來了，難不成你們三人聯手也勝不了一個魔君？」

楊戩拍打了好一會兒，可是別西卜依然沒有反應。

「算了。」我抓住楊戩的肩膀，道：「他不想離開這兒，我們就算打破櫃子，他也不會隨我們離去。」

楊戩看著成千上萬的蒼蠅，只能嘆了口氣。

薩麥爾實力高強，即便拉哈伯跟塞伯拉斯以二敵一，也只信心有五成信心勝過他，難得有機會提高勝算，可是別西卜卻怕事退縮，不免令人感到氣餒。

「大哥哥，那我們現在怎麼辨？」煙兒輕輕握住我的手。

我看著那滿是噁心蒼蠅的箱子，道：「依計行事，把『約櫃』和撒旦的遺體都帶走吧。」可一語方休，我背後忽然傳出一陣「碰碰」聲響。

我猛地回首，卻見是羅佛寇跪在地上，再次用頭撼動櫃身。

「你在敲甚麼？」楊戩不耐煩的朝他喝問。

聽到楊戩呼喝，羅佛寇只是頓了一頓，隨即繼續以頭敲櫃，還越敲越急促，越敲越響亮。

「他似乎想表達甚麼。」我暗自留意他敲打的聲音，卻發現不到甚麼特定節奏。

楊戩凝神看著羅佛寇，忽然「啊」的一聲，道：「這傢伙在警告其他人！」

「怎麼說？」我皺眉問道。

「他敲打的聲音越來越大，應該在提醒其他撒旦教人我們入侵了。」楊戩瞪著羅佛寇，炯炯雙眼殺氣忽現：「武藏，殺了他。」

宮本武藏沉聲應了「錚」的一聲，便把長太刀抽出刀鞘，高舉過頭，朝羅佛寇，奮力一斬！

「住手！」站在一旁的子誠忽然大喊。

武藏刀勢淩厲，快如閃電，平常人絕不能在剎那間收招，不過宮本武藏號稱劍豪，揮刀數百載，刀法早已練得出神入化，當他聽得子誠的喊聲，便立時硬生生將刀停在半空。

只是武士刀所蘊含的內勁極強，即使他已停下刀子，刀氣依然在玻璃櫃子留下一道霸氣十足的裂痕。

「爲什麼喊停在下？」宮本武藏將武士刀插回鞘中，冷冷的看著子誠。

子誠沒有迴避武藏如刀鋒利的目光，只淡然道：「因爲他不是在呼喚其他人，而是阻止我們搬動撒旦的遺體。」

我正要開口詢問子誠如何得知，他已向身旁那滿是蒼蠅的玻璃箱指了指。

只見別西卜灰得嚇人的臉和蒼蠅字再次顯現。

「他勸你們，別動撒旦。」我唸出蠅字，默想當中意思片刻，便即問道：「如果我們帶走撒旦遺體，會惹怒薩麥爾？」

蒼蠅重新組句：「還，有，撒，旦，教，主。」

「撒旦的屍體有那麼重要嗎？」我問道，別西卜點了點頭算是回應。

「嘿，如果我們拿走，會有甚後果？」楊戩冷冷的道。他似乎因爲別西卜拒絕離開，心情不大好。

別西卜聽得出楊戩言語間的態度有變，只是微微冷笑。

蒼蠅從別西卜的鼻孔中飛出來，在空白圓形中東走西移，慢慢凝聚成字。

僅僅，一字。

一個，簡潔有力的「死」字。

「呼，眞是代價昂貴的結果啊。」我笑道，「如此一來，我們只能回到最初的計劃，就是只帶走『約櫃』。」

「不。」別西卜「道」：「你，們，會，被，天，雷，殺，死。」

我笑了一聲：「對了，前輩還不知道我的身分。」

「你，不，是，拉，哈，伯，的，徒，弟，嗎？」

「我是他的門徒，不過還有一個身分，」我微笑看著別西卜疑惑的臉：「就是撒旦轉世！」

蒼蠅不安亂舞。

別西卜睜大空洞的雙眼，似乎想看看我這個撒旦轉世的臉孔。

突然。

碰！碰！碰！碰！碰！

厚實的牆壁忽爾傳來一連串激烈的碰撞聲，力道之大竟讓整間密室震動起來！

「是地震嗎？」楊戩問罷，忽皺起英氣的劍眉，臉現詫異之色。

我察覺到他神色有異，正想出言詢問，卻突然明白楊戩為何有奇異反應。

有魔氣，飄進密室內。

「隔壁有人在打鬥。」武藏把手架在刀柄上，凝神戒備。

子誠不解的問道：「爲甚麼魔氣能傳進來？這室不是能把魔氣隔絕嗎？」

「我起初也以爲這密室的牆壁內用上屏絕魔瞳的物料，但似乎我看不透這密室的原因，是因爲這室中沒有任何生物。」楊戩抬頭觀察一下，道：「動物都有著遠離危機的原始本領，而撒旦即便死了，也散發著世上最危險的味道，讓所有生物都不敢接近。而魔氣跟剛才妲己的狐息都是從通風設備中傳進來。」

「這成千上萬的蒼蠅則因爲被黑布覆蓋，所以讓楊戩的魔瞳走了眼。」我補充罷，手中突然傳來一陣冰冷。

「大哥哥！」只見煙兒憂心忡忡的看著我，看來十分擔心妲己的安危。

我握緊她的手，轉過頭，對楊戩道：「楊兄，用『千里之瞳』觀看隔壁情況吧。」

楊戩點點頭，立時豎掌凝神，閉上雙眼，打開額上「千里之瞳」。

瞳色鮮紅的「千里之瞳」，張望不停。

半晌，楊戩忽然「噫」的一聲，焦急地道：「義父和拉哈伯在隔壁！他們正和薩麥爾大打出手！妲己也在！」

「他們不是說好不出手嗎？」我皺眉問道。

「室中還有其他人，其中一個身穿黑袍，臉戴面具，應該是你提及過的撒旦教主。」楊戩保持鎮定，道：「現在雙方打起來似是勢均力敵，我們依計劃行事，還是去協助他們？」

「依計劃行事，他們現在開打，我們不能再拖了。」我腦海快速將細節推想一遍，「撒旦的遺體先不理會，以後有機再奪，現在先帶走『約櫃』吧。」

「但媽媽怎麼辦？」煙兒的手忽然握緊。

我拍拍她的頭，柔聲道：「當我們將『約櫃』取出來後，嘯天犬會警示拉哈伯他倆，你媽媽和他們共處一房，到時他們自會帶她走。」

「小諾，」這時，子誠忽然瞪著別西卜所在箱子，道：「恐怕我們連『約櫃』也不能帶走了。」

我聽到子誠的話，心感不妙，立時遁他線視看去，只見別西卜不知在甚麼時候已重新組句。

「帶，約，櫃，進，來，的，不，是，撒，旦，教，主。」別西卜已回復一臉冷靜，「而，是，孔，明。」

「孔明？他怎麼能碰到『約櫃』而又絲毫無損？」我喃喃自語，旋即醒悟道：「神器『墨綾』！」

「墨綾」能夠屏絕任何覆蓋了的東西所散發的魔氣，而「約櫃」的自動防禦系統則是撒旦生前所安裝的，大有可能依賴魔氣運作。

「孔明利用『墨綾』，包裹著那兩座引動天雷的基伯路，讓其他人觸碰『約櫃』並搬走它。」

我摸著下巴，皺眉看著別西卜：「不過，前輩要說明的是『約櫃』引發的天雷，連撒旦教主都不能抵擋，對吧？」

別西卜「道」：「對。」

「這下子可麻煩……啊！拉哈伯受傷了！」楊戩依舊閉上雙眼，利用「千里之瞳」觀察隔壁的情況，「小子，快快決定，你還要嘗試搬走『約櫃』嗎？」

眞是一個難題。

「改變計劃。」我想了一想，應道：「我沒有信心能絲毫無損的取走『約櫃』，現在他們正在戰鬥，與其等到有人受傷，戰力減少，不如我們出手相助吧。」

我環視四週一遍，衆人看來沒有反對。

「時門緊迫，閒話休說。」楊戩指著撒旦遺體背後的鋼牆，道：「這牆厚約三米，看樣子是純鋼所製，堅固非常。不過他們不知道我們正在隔壁偷偷觀察，若然突襲，應可大收出奇不意之效。」

「楊兄，可以說一下他們的位置嗎？」

「這牆之後站了四人，較接近我們的三人並排而立，左右是手持武器的殺神小隊，中間則是妲己。」楊戩額上的「千里之瞳」繼續睜開，「站在他們三人之前的正是撒旦教主，而義父、拉哈伯和薩麥爾他們三人則在他面前約百米打得天昏地暗。」

我摸摸那冰冷光滑的牆身，問道：「這牆子，武藏能斬破嗎？」

武藏瞪了那牆一眼，道：「能。」

「要多少時間？」我問道。

「從刀鋒接觸牆身的那刻開始，到切出入口，」武藏仔細地打量一下，「大約零點零零四秒。」

零點零零四秒。

「換轉是你倆，發覺背後有異樣，要多久才反應過來？」我摸摸下巴。

「我想要零點零一秒。」楊戩閉著眼睛回答。

「零點零零八。」武藏看著我。

零點零一，零點零零八。

我細想片刻，道：「現下我們不知道那撒旦教主的實力有多強，勉強假設他有武藏的實力，從我們切開牆壁到他反應過來，也只有零點零零四秒。」

「零點零零四秒，我們能幹甚麼？」子誠苦笑問道。

「夠了。」武藏轉過頭，看著我冷冷的道：「小子，你心中早有打算，對吧？」

「三步，」我豎起三根手指：「首先，由武藏負責破牆，楊兄和嘯天犬則在缺口打開的一瞬間把那兩名守衛擊殺，然後順手將妲己倒拉回這密房，最後由子誠守著她。」

「就這樣？那個撒旦教主怎麼辨？」楊戩閉著眼問道。

「那傢伙，由我負責。」我堅定的說，「你們對這提案有甚麼意見？」

「在下斬破牆壁，便會直接找薩麥爾那廝算帳。」武藏緩緩踱步到牆壁前，緊握刀柄，復又放鬆。

「行。」我轉過頭，對子誠問道：「你跟煙兒一起守住妲己，有信心嗎？」

子誠點點頭。

我讓子誠跟煙兒將困住羅佛寇和撒旦遺體的玻璃箱重新用黑布蓋住，自己則走到別西卜面前。

「我有很多問題想問你，」我拿住黑布，對別西卜說道：「有機會的話，我會再來找你。」

「不，我，們，不，會，再，見」快要被黑布蒙蔽前，別西卜說了這句話，「因，爲，他，太，厲，害。」

我不知別西卜口中的「他」，是薩麥爾還是撒旦教主，但可能的話，我會取了二人的命。

因爲他倆，都太危險。

商討好出手時間後，我便走到武藏後預備。

楊戩三眼齊開，走到我旁邊，道：「小子可別扯我們的後腿啊。」

我笑道：「放心吧，我的身法只會比你快，絕不會慢。」

楊戩笑了一聲，便即騎上嘯天犬，臉上剎那換成肅殺之色。

「果然是經過千錘百鍊的魔鬼。」我看在眼內，不禁暗讚，

「專心點，在下這就出手。」武藏背著我冷冷的道。我「嗯」了一聲，便立時握緊手中「靈簫」，收攝心神。

眾人默言不語，四周唯有一片寧靜的緊張，以及蒼蠅的嗡嗡聲。

「預備。」武藏沉聲一喊，雙手分握左右雙刀。

殺氣山洪暴發！

雙刀出鞘。

兩柄武士刀在銀白的牆身狂斬亂舞，每一下斬殺的軌道都清晰地烙印其中。

不需要名字的招式，唯一需要的，是暴力。

突然間，鋼牆崩塌！

零點零零一秒。

眼前一亮的瞬間，我跟楊戩一後一前，以迅雷之勢穿梭鋼壁。

只見三人成品字站立，前方一人寬身黑袍，背住我們看不清面目，應是撒旦教主。後面兩名侍衛手執槍械，一名渾身赤裸，肌膚如雪的女人倒臥在他們中間，正是妲己。

零點零零二秒。

剛越過鋼牆，楊戩立時躍離嘯天犬的背，三尖兩刃刀從天而下，將左邊的侍衛斬成兩半。獅子般的嘯天犬則往右邊侍衛猛撲，「順口牽頭」，而我則急開「鏡花之瞳」，同時向前朝撒旦教主猛撲！

血花四下激射。

零點零零三秒。

楊戩將兵器把手斜插到妲己懷中，往後一挑，妲己恰恰在我腳底經過，向後滑進牆壁裂痕中，讓子誠接住，而嘯天犬則立時站在缺口把守。

同一時間，我十指成箕，魔氣凝聚手爪上，對準底下的撒旦教主頭顱，奮力抓去！

零點零零四秒。

零點零零四秒。

我看見，我自己。

「廢物。」

不知何時，撒旦教主已然回頭看著我，並把我雙手牢牢抓住！

面具，幾乎貼住我的臉。

神器「明鏡」光滑的表面，反映著我錯愕的樣子。

「嘿嘿嘿，意想不到吧？廢物！」撒旦教主囂張的恥笑聲在我面前響起，我雙手手腕忽爾一痛，卻是手骨被強行捏碎。

我心下登時醒悟，由於「明鏡」能反射所有魔瞳的瞳術，所以當楊戩利用「千里之瞳」偷窺時，我們在另一廂房的舉動其實早已被撒旦教主所知曉，他卻不動聲色，待我快要得手時才突然反擊。

偷襲不果，我思緒急轉，霎時間已有決定，把腿踏在他胸膛上，用力一蹬，讓自己的雙臂齊肩扯斷！

雖然雙臂離身的痛楚不少，可是能讓我脫離撒旦教主的控制。

我翻滾著地，忍著痛楚，雙腿立時再次用力，拔地而起，翻騰到撒旦教主的背後。

由於斷手傷口噴出的血水阻礙撒旦教主視線，所以他似沒發現我已站在他身後。

我魔氣催谷到右肩斷臂處，運勁大喝一聲，血肉模糊的傷口立時生出一條新手臂來。

「你現在比廢物挾持住了。」我笑道，僅有的右手如蛇般緊緊扣住他的咽喉，同時把體內魔氣左移，讓左手也重新生長出來，將他的左手反抓到背後，「說起來，這可是我們頭一次親身交談。」

這時候，我才看清楚周遭情況。

原來我們身處一廣場般大的房間，跟之前的房間一樣，四面牆壁也裝設有大型電腦。

剛才站在妲己左右的侍衛已死，受傷的妲己倒臥在煙兒懷中，而子誠跟嘯天犬則站在她們之前，蓄勢待發。

我背後打鬥聲大作，不過從風聲聽來只有三人在戰，似乎拉哈伯他們打得太過激烈，教宮本武藏跟楊戩插不了手。

撒旦教主抑天大笑，笑聲中沒有絲毫懼意：「廢物，你以為我已經被你挾持嗎？」

撒旦教主的泰然的態度讓我大為不爽，我冷笑一聲：「難不成你覺得你的手會比我的指頭動得快？」

撒旦教主聞言大笑，隨卽又搖頭，故作害怕的道：「不，我縱然實力比你高，但手還是不夠你那幾根爛手指快。」

「嘿，還這般輕鬆，難道你眞不怕死？」我聽得他說話戲謔，心中怒火暗起，扣住咽喉的手不禁緊了幾分。

「我怕死，」撒旦教主沙啞地笑了幾聲，道：「不過我笑是因為我知道你這廢物，殺不死我。」

「嗯？」我不明所以。

「我的手確實不夠你快，不過，」撒旦教主邪惡地笑道：「我催動魔的速度，比你要快得多。」

說罷，他渾身魔氣大作！

我先是一呆，接著右眼忽地一黑，一陣錐心劇痛在我右臉臉頰炸開！

我大吃一驚，立時運勁推開他，自己則向後急躍。

我摸摸自己的眼窩，赫然驚覺自己的眼不知被甚麼東西打碎！

「你幹了甚麼！」我用「鏡花之瞳」瞪著撒旦教主的背影，沉聲問道，一邊鼓動魔氣，回復損傷了的右眼。

撒旦教主背住我捧腹大笑，右手卻拿著甚麼，高舉起來。

我定神一看，只見他手裡握著我的斷手，而那斷手手中則依然緊握住「靈簫」。

看到這情況，我心中立時雪亮！

方才撒旦教主說運動魔氣比我動手指快，原來是指將魔氣貫注進我斷手內，藉此讓魔氣流入「靈簫」，使其增長來攻擊我。

因此，我便在出其不意的情況下，被摧毀右眼！。

在極短時間內，能想出如此別出心裁的反擊之法，這人的創造力和應變能力實在厲害。

而且他隔了一個媒體，依然能讓魔氣輸進「靈簫」中，可見其魔氣精純之極。

他，究竟是誰？

「你，究竟是誰？」

我瞪著他，問道：「你爲甚麼會是撒旦轉世？又爲甚麼要處處針對我？」

撒旦教主聽到我的話，稍爲止笑，側著臉冷笑問道：「你這廢物眞想知道？」

「對，我很想看看縮頭烏龜的眞面目。」

「縮頭烏龜？」撒旦教主冷哼一聲，想了想，隨即語氣期待的笑道：「也罷，反正我也想看看你這廢物的驚訝樣子。」

「我早預想任何能性，無論你是誰……」我冷冷笑道，說到後來卻不禁愕然不語。

愕然不語，是因爲撒旦教主面對著我，慢慢脫下「明鏡」，露出他的眞正面目。

＝＝＝

鐵面背後，是一張熟悉的臉孔。

一張，我看過千百遍的臉孔。

我腦海傳來一陣暈眩，彷彿墜進萬里迷霧。

「這怎麼可能。」我看著他，詫異萬分，身子如墜冰淵。

「爲甚麼不可能？」那張清秀邪氣的臉孔看著我，愉快笑道：「你這副吃驚的表情，果眞是娛樂性十足。」

我沒有回應他的諷刺。

因爲「明鏡」之下。

我看見，我自己！

第二十九章——孰眞孰假

第二十九章　孰真孰假

撒旦教主伸手脫下「明鏡」，露出本來面目後，廳中本來繃緊的氣氛霎時間冷了下來。

衆人停下手上動作，將目光都放在那副跟我一模一樣的臉孔上。

大廳之中，霎時只剩下電腦散熱器的霍霍轉動聲。

一直跟我作對、想將我置諸死地的人，竟長得跟我一模一樣。

我感到匪夷所思，同時卻又不知怎的覺得萬分合理。

那種怪異感覺，矛盾之極。

「兩名撒旦轉世，難不成是對雙生兒？」我這念頭剛起，隨卽便知不對。

眼前之人外表雖然跟我一模一樣，但眉宇間多了一份成熟，年紀看起來比我稍長，約莫二十七八歲。

但無論如何，此人跟我定必有非比尋常的關係。

「你究竟是誰？爲甚麼會跟小諾那般……那般相似？」拉哈伯沉重的聲音在我背後響起，語氣中微帶詫異。

他和塞伯拉斯早已停手，想來薩麥爾自重身分，也不乘虛而入，一起袖手罷鬥。

我和撒旦教主的眞正身分一直成疑，連拉哈伯也不知我倆誰才是眞正的撒旦轉世。現在他自露眞身，卻擁有和我極度相像的面貌，這實在令人難以置信，因此拉哈伯忍不住出言詢問。

只見撒旦教主食指輕搖，語帶不屑的道：「嘖嘖！拉哈伯啊，我想你有一點弄錯了，是這廢物的樣子像我，而不是我像他。」

「你這話是甚麼意思？」我眉頭一蹙。

撒旦教主冷笑一聲，不答反問道：「嘿，廢物，還記得佛羅倫斯那份報告嗎？」

「關於我母親身世的報告？」我問道。

「嘿，你的腦袋總算未壞透。」撒旦教主冷冷的道：「你應該知道，一直以來照顧你的那兩個人，不是你這廢物的眞正父母吧？」

撒旦教主神色狡猾，如此問我，顯然知道我身世之秘。

我想了一會，便瞪著神情輕挑的撒旦教主，沉聲問道：「你知道我父母是誰？」

「我不知誰是你的父親母親。不過，」撒旦教主看著我冷笑道：「你這廢物如何產生嘛，我倒

知道！」

撒旦教主跟我一模一樣，就只年長數載，我曾想過他會不會是我親生父親，但從年紀看來卻又太過年輕，倒像我的哥哥。

在佛羅倫斯時，我從撒旦教對我媽媽的調查報告中，得知媽和爸不是我的親生父母；後來遇上孔明，他雖提示我世上還有另一名撒旦轉世，卻沒對我身世多說甚麼；直至追蹤到我被領養的孤兒院中，我才知道自己嬰兒時被一神秘人託付給院長照顧。

可是那人的身分，院長全不知情，我們也毫無頭緒。

現在，撒旦教主似乎知悉我身世內情，我聽到也不禁怦然心動。

我稍微平定心情，問道：「你怎麼會知道？你究竟跟我有甚麼關係？」

「住嘴！」撒旦教主忽爾臉色一變，對我大聲怒喝：「你這廢物！廢物！廢物！我跟你這廢物有甚麼關係？甚麼關係也沒有！」

我見他突然發怒，不禁一呆，眾人不明就裡，均沒作聲。

就在此時，一道聲音在我背後響起：「別鬧了，你就清清楚楚跟這群人說明，你和畢永諾的關連吧！」

聲音冷冰冰的，聽起來毫無情感，我回頭一看，說話者正是七君之首，薩麥爾。

只見薩麥爾神色倨傲，雙手背負而立，一身雪白長袍一塵不染，看來剛才的戰鬥雖酣，他卻絲毫無損。

薩麥爾左有拉哈伯，右有塞伯拉斯，前方又有武藏和楊戩，可是他眼光如霜，只朝我看來，渾沒理會侍候在旁的強敵，彷彿他們並不存在，顯得有恃無恐。

撒旦教主聽罷，忽然低下頭來，雙拳緊握，微微顫抖，默言不語。

我站在近處，察覺到他在極力忍耐，可是淡淡的怒氣依舊從他身上散發出來。

「快說。」薩麥爾冷冷的道，語氣有點不耐煩。

撒旦教主這才抬首，眼神怨憤的瞪著我，咬牙切齒的道：「好！」說罷拍了拍手。

薩麥爾是撒旦教創辦人，現任撒旦教主之位又是他傳下的，雖說在教中地位崇高，但現任教主好歹也是撒旦轉世，薩麥爾對他即便沒有敬畏之意，也該有些顧忌，可是聽薩麥爾剛才說話的口吻，倒似向撒旦教主下命令，不禁教我微感訝異。

「小子留心，此人似乎受制於薩麥爾。」拉哈伯的聲音忽然鑽進我耳中，「他們關係裡的裂痕，說不定能讓你有機可乘，成爲眞正的撒旦轉世。」

其實我早就留上了神，聽得拉哈伯雖說得冷漠，但如此提點總算對我關心，而且從他語氣聽來，似乎對我成爲眞正撒旦一事並未完全放棄，使我心頭感到一陣暖意。

我臉上不動聲色，只用食指擦了擦鼻，回應他的「傳音入密」。

可是當我有此動作時，我留意到撒旦教主的目光閃過一絲異樣。

「難道他知道我和拉哈伯在交流？但這不可能啊！」我心下思疑之際，地面忽然劇烈震動起來，接著四周的電腦同時間拔地而起！

我稍一凝神再看，這才發現不是電腦向上升，而是我們所站的地面向下緩緩降下。

「大哥哥！」煙兒把頭探出鋼牆裂縫，看到我們越降越低，不禁大聲驚呼。

「別亂走，照顧你媽！」我抬頭喝道，一語方休，只見我們原本所在的位置牆角左右，忽然迅速地伸展一層新的地板，不消一會，兩塊地板便已合攏得絲絲入扣，將我們上方完全封住。

樓上光源被隔，四下驀地漆黑一片。

就在此時，黑暗中突然閃爍十二點詭異紅光，卻是衆人在四周變黑的刹那間，一致地喚醒魔瞳。十二顆魔瞳左顧右盼，各人站在原地，嚴陣以待，沒一人胡亂輕舉妄動。

「你在故弄甚麼玄虛？」我大聲喝問，同時暗自戒備，以防撒旦教主或薩麥爾乘黑偷襲。

「嘿，廢物，是你自己要求要知道自己身世，我現在不就讓你看看自己出生的地方嗎？」眼前魔瞳的主人冷笑，正是撒旦教主。

我驚訝萬分的道：「甚麼？這地方是……」我還未說畢，撒旦教主便打了一個響指。

這時，室中慢慢泛起一道柔和的藍光，讓我們能看清楚周圍環境。

只見我們身處的圓形升降地板外，是一層又一層，充滿藍色液體的柱狀容器。

這些柱狀容器整齊有序地排列成圓，雖然跟之前密室中的容器外型相同，可是這些器皿盛載的不是魔鬼，而是一些不明生物的屍體。

這些死去的生物，有的周身長滿右手，有的只有左半身體，有的是臉龐空白一遍，五官卻長在腹部上；或是胚胎，或是幼童，形態各式各類，千奇百怪。

藍水把天花上的燈光折射，照在各人疑惑詫異的臉上，氣氛怪異。

「這些，是甚麼東西？」我喃喃自語，緩步走到最近的一具容器面前。

只見清晰透光的藍水中，浮沉著一具皮膚灰白，渾身長滿眼睛的嬰兒屍體。

這嬰兒只有巴掌來大，周身上下都是指頭般大小的眼睛。

從屍體體積看來，嬰兒死時應該還在母親肚內，可是這它身上的眼睛，不知怎地全都睜得老大。

雖然了無生氣，但我卻感覺得到眼睛當中的絕望與痛苦。

看著看著，我竟覺得這些眼神十分眼熟。

我頭抬一看，但見容器頂端的金屬部分，刻有一組羅馬數目字。

五百二十八。

突然間，我腦海中似乎抓住甚麼，隱隱約約，猜到撒旦教主口中所說的關係。

一股徹骨的寒意，從我心底深處透發出來。

「嘿嘿，終於發現了？」撒旦教主在我背後，不懷好意的笑道：「來，廢物，跟你的哥哥們打招呼吧！」

「你在胡說甚麼？」我回頭瞪著他，心中寒意卻越來越盛。

「我胡說？嘿，是廢物你自己不想接受事實而已。」撒旦教冷笑一下，手指著遠處兩座容器。

我循住他手指方向看去，發覺兩座容器中雖盛滿藍水，當中卻空無一物。

我藉著微弱的藍光看看容器上的數字，發現所刻的是「六百六十五」及「六百六十六」。

我心裡，似乎有了答案。

「雖然不想承認，但嚴格來說，我跟你這廢物算是兩兄弟。」撒旦教主語帶厭惡的道：「這兩座玻璃管，是我跟你出生時所居住的地方。」

「我跟你是兄弟？我們的父母呢？」我回頭看著他問道，可是心裡卻早已雪亮。

「嘖嘖，還未想到嗎？廢物始終都是廢物。」撒旦教主的眉頭蹙得更緊，冷冷的道：「我們無父無母，因爲都是以撒旦之血製造出來的複製人！」

複製人？

「我……竟是一個複製人？」

我雙眼瞪得老大，口中喃喃，不能置信。

忽然從敵人口中聽到這麼不可思議的事，我霎時只感到一陣窒息，眼前天旋地轉。

本以爲我一直成謎的身世會隱藏甚麼驚人秘密，可是原來我的出身，一點也不複雜。眼花繚亂間，我看到另一個「我」，臉上滿是恥笑之意。

「意想不到吧？滿以爲自己堂堂撒旦，身分尊貴無比，其實也不過是從試管中培植出來的東西。」撒旦教主看著呆若木雞的我，嘲笑道：「靈魂轉世之說，虛無飄渺，我和你雖爲二人，但嚴格來說，我們就是撒旦本身，並不存在甚麼靈魂一分爲二。」

「但正因我們是兩個人，所以一直以來，你才會這般著意除掉我，」我稍微平伏混亂的心神，瞪著和我擁有同一副臉孔的他，沉聲問道：「因爲『地獄之皇』，世界只能存在一個。」

「不錯。」撒旦教主忽然開懷大笑道：「可是觀察了一段時間，我發覺你這廢物實在太過窩囊了，所以我也不急於殺死你。」

「嘿，那可眞是感激不盡。」我哼了一聲，瞪著他冷冷的道：「但今天你手下留情，將來必會後悔！」

撒旦教主對我的挑釁，沒有回應，只微笑不語。

本來我對撒旦教主的敵意甚濃，但不知爲何，現在得知他和我同是撒旦的複製人，更擁有和我差不多的樣貌，不但仇恨稍減，而內心深處，竟隱隱約約，產生一種親切感。

我知道這會讓我陷入致命危險，所以念頭甫一浮現，便竭力壓下不去想。

正當我感到思緒紛亂時，拉哈伯的聲音忽然響起：「複製撒旦，是誰的主意？」

「是我。」

回答的人，是薩麥爾。

拉哈伯轉過身子，滿臉疑惑的看著薩麥爾，道：「爲甚麼你要這樣做？這對你有甚麼好處？」

薩麥爾只輕輕的哼了一聲，仰首看天，連正眼也沒有看著拉哈伯。

撒旦是薩麥爾所殺，現在他卻複製了兩名撒旦。

雖然我沒有撒旦生前的記憶，但薩麥爾在製造這些複製人時，難保不會將撒旦對他的恨意一併遺傳下去。

薩麥爾此舉雖說得上是養虎爲患，可是他卻好像有恃無恐，而撒旦教主也對他服從得很。

這一來我不得不加倍留意，因爲薩麥爾說不定藏有甚麼手段，能控制撒旦教主，那同爲撒旦複製人的我，便很有可能也受制於他。

拉哈伯看見薩麥爾久未回答，便冷冷的笑問：「不願回答？」

「拉哈伯啊，我的脾氣你是知道的。」薩麥爾澄藍的雙目睥睨著拉哈伯，眼神冰冷如劍，「只有比我強的人問我，我才會回答，其他人的問題嘛，就要看看我心情了。」

「不，這次不一樣！」

拉哈伯還未回應，塞伯拉斯已然行動，大手一揮，八十一節鞭繞了一圈，縮合成棍，鞭頭對準薩麥爾的太陽穴不動。

「你一定要回答這問題。說，你爲甚麼要複製撒旦！」塞伯拉斯一雙虎目瞪著薩麥爾，怒火似欲從中噴射出來。

「塞伯拉斯啊，你不過是撒旦腳邊的一條看門狗。」薩麥爾對鞭棍視而不見，眼睛依舊看著前方，「別要化成人形後，就忘了你本來只是一頭畜牲啊！」

薩麥爾辱言一出，塞伯拉斯的黑色僧袍忽然鼓脹不已，卻是殺氣從體內翻騰出來，盈滿衣間！可是薩麥爾也不讓塞伯拉斯分毫，塞伯拉斯殺氣甫現的刹那間，薩麥爾周身立時充滿騰騰殺氣，朝塞伯拉斯將湧過去。

霎時間，室中的空氣彷彿被抽掉許多，教人感到有點兒呼吸困難。

殺氣雖然無形，可是僧服長袍，一黑一白皆無風亂動不已，足見二人戰況激烈非常。

兩人將殺氣慢慢增強，合起來的澎湃氣勢，讓眾人感到身上像是負背了無數重物，舉步爲艱。

再鬥一會，蘊釀在他倆附近的殺氣越來越重，較接近他們的玻璃管子已開始出現龜裂！

藍水自裂縫中流射出來，可是當水柱快要濺射到他們身上時，便會立時被殺氣催散成無數水珠。

我注意到，一直站在他們身旁的拉哈伯神色如常，碧油油的貓眼由始終都瞪著薩麥爾不放，彷彿這股滔天殺氣直接穿透他的身體而過，並沒有添加他絲毫壓力。

站在較遠處的宮本武藏早已閉上了眼，濃眉緊皺，一臉聚精會神的樣子，看來正在運功抵抗殺氣，但身子也是紋風不動；反是他旁邊的二郎神楊戩，大汗淋漓，而且還一步一步的向後退，顯然抵受不住塞伯拉斯和薩麥爾散發出來的壓迫力。

三人功力，高下立見。

正當我在思疑怎打破這壓迫十足的氣氛時，忽聽薩麥爾重重哼了一下，他身上殺氣突然像洪水般朝四周暴發，不單將眾人逼退數步，還把數支玻璃管子震斷。

藍水一下子湧到地上，當中還帶著數具手腳或缺或多的嬰兒和胚胎。

就在藍水快要涉到薩麥爾的袍子時，薩麥爾的身子忽地模糊，然後整個人消失在原地。

「哼！好不要臉！」下一剎那，他的聲音在我背後出現。

我急忙轉身，只見薩麥爾已然站在撒旦教主身旁，一張俊秀臉孔微含慍色，直瞪著宮本武藏不放。

我留意到，薩麥爾的白袍手袖不知怎地被削掉了一角。

雖只是小小的一角。

薩麥爾眼神閃過一絲殺氣，隨卽回復冰冷，對武藏冷冷的道：「瞧你的身手，絕非等閒無名之輩，怎竟趁我不備，忽施偷襲？」

「在下跟你同是魔鬼，出手也不必談甚麼光明正大。」只聽得背後宮本武藏的聲音低沉，卻隱隱存有恨意，「更何況在下跟你有不共戴天之仇，當年你既辣手無情，那麼在下無論利用甚麼卑鄙手段對付你，也沒甚麼不妥！」

「我跟你有甚麼深仇大恨？」薩麥爾秀眉一揚。

宮本武藏忽爾沉默下來，我卻聽得到他咬牙切齒的聲音。

片刻，只聽他沉重的問道：「薩麥爾，你還記得四百年前美作國裡的宮本村嗎？」

「宮本村？」薩麥爾微一吟沉，隨卽醒悟道：「你是，宮本武藏？」

宮本武藏哼了一聲，道：「不錯，你記得在下，那麼還記得宮本村上下、男女老少一共一百三十二條人命嗎？」

雖然我看不到宮本武藏現在的樣子，但我聽得出，他話中憤怒的背後，是更多悲傷淒涼。

「嘿！第一，因你手持長短武士刀，又提到宮本村，所以我才會推測你是宮本武藏。」薩麥爾冷冷的道：「第二，我雙手所取性命比我自己的歲數還要多，別說百來條賤命，再多的數目，我薩麥爾也從不記住。」

「這般說來，你是忘記了當年血洗宮本村的事？」宮本武藏顯然氣到極點，語氣冰冷如霜。

「血洗宮本村嘛？好像有，又好像沒有。」薩麥爾冷笑道：「不過無論如何，你也算在我的頭上吧，分正我不介意順手除掉你這件垃圾，讓你和他們早日團聚。」

「既然如此，」宮本武藏的聲音回復一貫冷靜，可話中又殺氣騰騰，「這一百三十二刀，在下會一刀一刀的，讓你親身領受才死！」

說罷，我只感背部一涼，身後突然邪氣滔天，卻是從未在我們面前使用魔瞳的宮本武藏，將體內累積的魔氣導發出來！

宮本武藏這股魔氣精純之極，比我自身的更爲厲害。

雖然我不知道他跟薩麥爾背後仇怨，但聽他們剛才對話，似乎今天才是頭一趟見面，宮本武藏

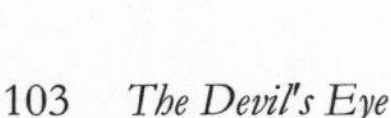

一直不運用魔瞳，想來就是待到這關鍵時刻，才把魔氣發揮出來。

宮本武藏單憑自身力量，已能跟我匹敵，現在加上魔瞳之助，其實力定必不弱於塞伯拉斯，可是如果只獨自一人，他跟薩麥爾交手的話也不能佔任何優勢。

突然，一下清脆的金屬摩擦聲迴盪大廳。

宮本武藏，似乎已拔出了武士刀！

「宮本武藏，雖然你身上散發的魔氣確是令我意想不到，但休怪我不提醒你，」薩麥爾背負雙手，瞪著宮本武藏冷笑道：「就算你跟三頭犬一起上，也不會比牠跟拉哈伯雙君聯手厲害。」

宮本武藏在我背後嘿嘿冷笑道：「薩麥爾，不用義父出手，只在下一人，就足夠收拾你！」

「好大口氣。只一個人就能對付我薩麥爾？」聽到宮本武藏的挑釁，薩麥爾蒼白的臉上忽現殺意，道：「來，把你的長刀也拔出來吧！」

宮本這句話本來只是普通的挑釁說話，換了是任何稍有歷練之人也不會為此上心，但薩麥爾聽在耳中，竟出乎意料的火光。

我想這是因為薩麥爾本性高傲，不喜別人說比他厲害這些逞強話。

宮本武藏似乎也發現這一點，只聽得他故作輕挑的笑道：「用不著雙刀齊出，只一把小太刀，

在下就能將你殺倒在地！」

「宮本武藏，你太放肆了！」薩麥爾白袍忽然一揚，蒼臉青筋暴現，「普天之下，只有死了二千年的撒旦能跟我，魔界七君之首，薩麥爾相提並論！拉哈伯不能，三頭犬不能，任何人也不能！」

「嘿，在下並沒想過與你相題並論，」宮本武藏不願氣勢被壓，恨意也是一脹，「因爲在下想的，只是如何殺死你！」

「很好！我知道你是故意氣我，讓我怒火中燒，好使待會交手時暴露缺點，不過你似乎忘了一點，」薩麥爾似乎沒有冷靜下來的意思，一雙透徹如水的藍眼睛倏地變得鮮紅勝血，怒道：「我乃『十二羽翼天使』薩麥爾！就算我顯露出千百個破綻，憑你那點速度，也不可能刺中一個！」

說罷，薩麥爾忽然朝我俯衝！

薩麥爾速度迅絕，衝擊力自是非同小可，如果我給他這迅雷般的速度碰撞到，所受的傷絕對不輕。

我腦海雖閃過躲避的念頭，可是我剛知悉自己身世之謎，心神未免有點恍惚，而且薩麥爾奔馳的速度也實在太快，我剛想反應，他那張蒼白俊臉已然晃到我眼前！

「糟糕！」

我心中焦急萬分，可是就要被薩麥爾撞上時，我的喉頭忽然一緊，接著眼前一花，身子被一道巨力向後急拉，千鈞一髮之際，恰恰躲過薩麥爾的撞擊。

我甫站定身子，便即伸手往頸項摸去，只覺頸上有點毛茸茸的東西，低頭一看，是一條黑亮幼長的貓尾。

「小子，快點回過神來！在這要緊關頭，你可不能就這麼送掉性命。」一道聲音在我肩膀傳來。聲音雖然聽起來冰冷冷的，但卻使我心底生有一絲暖意。

我嘴角不禁微微勾起，笑道：「放心吧，我還要拉倒天上那位，絕不會比你早死的，臭貓。」

拉哈伯只哼了一聲，便專心觀察武藏與薩麥爾的交手。

我站定後，也收攝心神觀戰。

但見薩麥爾一直繞著宮本武藏急奔，形成一道白色的圓，卻始終沒有出手。

宮本武藏自知身手不及薩麥爾快速，貿然進攻，只會露出破綻讓他乘虛而入，於是便只取守勢，一把小太刀舞得滴水不入。

「嘿，先前聽你說得厲害，還以為有甚麼驚人殺著，結果還不是要龜縮原地？」薩麥爾邊跑邊冷冷嘲笑，腳下沒有緩下來，反越走越快，「單憑這點道行，你連我的衣角也不會沾到。」

「薩麥爾，話先別說得太早，」宮本武藏冷冷笑道：「好戲在後……哼！」

一語未休，薩麥爾便乘宮本武藏說話時，動作稍稍緩下的剎那間，素手如毒蛇吐信，一下子越

過重重刀光，挖走他右臂上的一大片肉！

宮本武藏雖受了傷，卻只悶悶的哼了聲。

「嘿，這肉還你！」薩麥爾嘲笑道，忽然伸手一擲，把那片肉扔向宮本武藏。肉團一沾上宮本武藏的刀花，便迅即被切割成碎。

「適才你的口氣可大，怎麼現在連話也不敢說了？」薩麥爾繼續冷嘲熱諷。

宮本武藏受了教訓，沒有應話，只凝神屏息，繼續舞動小太刀。

「你剛才說只用一柄短刀便能對付我吧？你那閒置的左手豈不是毫無用處？」薩麥爾魔氣一振，臉上殺意充盈，冷笑道：「嘿，不如讓我的『縛靈之瞳』，將它永遠廢掉吧！」

說罷，薩麥爾忽然加速，宮本武藏周遭開始出現大量薩麥爾的殘影，再過片刻，這些殘像又慢慢合成僅四個身影。

薩麥爾的四個身影看起來移動緩慢，而且步伐向前時，身子反向後倒退，這卻是他疾馳到極致速度的表現！

突然間，他的四個身影朝宮本武藏慢慢伸出手來，可是每個身影的出手角度，竟出奇地各有不同！

「這怎麼可能？四個分身明明不過是他奔跑到極速所留下的殘影，照理來說，動作該是一致無異，但現在竟同時出現四種手法？」我詫異的道，一時間想不透箇中玄機。

「他是每走一段時間，就轉換一次手法，」拉哈伯在我肩上解釋道：「由於他的身法速度實在快得匪夷所思，所以造成一種錯覺，令我們覺得四個分身是各有主見，各自攻擊，其實說穿了也不過是同一人在不斷重複變換手法。」

我想了想，卽明其理，道：「既是如此，那麼宮本武藏也不用害怕了，這花招也不過是掩眼法。」

「嘿，所謂花招，花巧了到盡頭，也是極厲害的殺著。」拉哈伯冷笑道：「雖然薩麥爾不能同一時間使出四種殺手，但因爲他的速度已慢慢昇華到極致，所以卽使他先後有序的連使四招，其他人因爲肉眼跟不上，看起來彷彿像同一時間有四個薩麥爾向他下手。也因爲速度太快，卽便是撒旦，也不可能完全擋下四招。」

「原來他圍住宮本武藏不斷奔馳，是要把速度逐步加快。」我驚訝的看著拉哈伯，道：「那這一招豈不是極其厲害？」

「他可是七君之首，每一下殺手皆是狠辣無比。單是一擊，便足以致命，更何況是四招齊下。」說完此話後，拉哈伯忽利用傳音入密跟我說：「不過，看來宮本武藏眞藏有一手，你看小塞他們。」

我依言轉頭看去，只見一直站在他倆旁邊的塞伯拉斯和楊戩，雖緊握兵刃，但都只神色泰然的站在原地，始終沒有出手的意思。

我看在眼裡，心下暗自覺得奇怪。

「難不成宮本武藏的魔瞳有甚麼特異之處，能克制薩爾麥？」正當我心裡猜想時，撒旦教主忽在我背後作聲，道：「嘿，你們怎麼忘了我？」

我連忙轉過身子，但見撒旦教主正把玩「靈簫」，一臉好整以暇的樣子。

我還待要說話，拉哈伯已搶在前頭，道：「來得正好，我有很多問題要問你。」

「先說來聽聽，我跟薩麥爾的脾性差不多，看看我有沒有興趣回答。」撒旦教主態度玩味十足，看著我倆笑道。

拉哈伯沒理會撒旦教主言語中的不善，只瞪著他，正容問道：「為甚麼要複製撒旦？」

「多用你那細小的腦袋吧，我只是被複製出來的人，你問我幹麼？」撒旦教主看住拉哈伯，語氣帶點嘲諷的笑道。

拉哈伯冷笑一下，再問道：「那為甚麼除了你跟小諾，其他撒旦複製也是怪模怪樣？」

「因為那些都是失敗品。」撒旦教主把「靈簫」在指間轉了一圈，笑道。

「失敗品？」拉哈伯皺起眉頭。

「你跟隨撒旦的時日不淺，應該知道代表他的數字，是『六六六』吧？」

「『獸』的數字？那又如何？這不過是因爲刻在撒旦胸前的血圖騰，跟古希伯來字的六六六差不多，所以才會產生這種傳說。」拉哈伯疑惑的道。

「不，這不是單純的恰巧，而是早已注定的事情。」撒旦教主收起笑臉，正容說道。

拉哈伯不解的問道：「甚麼注定的事情？你這是甚麼意思？」

「我指的是，只有『六六六』這數字，才能讓撒旦重生。」撒旦教主看著我們，語氣詭異的說道：「因爲，這是天上唯一在創世時所制定的羈絆。」

我和拉哈伯面面相覷，一時間皆想不透撒旦教主話中的意思。

「你們看看，這些玻璃管中盛載的都是些半人半鬼的怪物。」撒旦教主指住周圍的管子，藍光把他的樣子映照得有點陰森，「但我和你這廢物，偏偏成長得完好無缺，你知道其中的原因嗎？」

「不知道。」我說，拉哈伯也搖了搖頭。

「關鍵，在於『六六六』這數字。」撒旦教主若有深意的看著我們，「撒旦教研究複製技術已有悠久歷史，隨著科技進步，他們漸漸已能複製任何動物，並把成功率控制在八成以上。撒旦教有如此成熟的複製科技，可是利用撒旦之血培植出來的複製人，卻全都是缺了四肢或多長出甚麼的怪胎。」

「你說這些有的沒的，究竟想表達甚麼？」拉哈伯不耐煩的問道。

撒旦教主瞪了拉哈伯一眼，續道：「撒旦教的科學人員一直找不到複製失敗的原因。不過，當他們培養第六百六十五個複製品時，這複製撒旦竟出奇地順利生長成人。」

我看著他問道：「這第六百六十五個複製撒旦，就是你，對嗎？」

方才他曾指住「六六五」和「六六六」兩具玻璃管，說是我和他出生的地方，看樣子他比我年紀稍長，所以應該比我早出世。

「不錯。我就是編號『六六五』的複製撒旦。」撒旦教主笑道，我卻留意到他的眼神有點奇怪。

「既然有了你這成功品，爲甚麼還要把我製造出來？」我不解的問道。

「嘿，這是人類數字上的迷思，因爲還差了一個，才是眞正『獸』的數字。」撒旦教主冷笑道：「那些科研人員只把我當作一個接近完成品，爲了達到傳說中的數字，所以就把你也製造出來。」

「但你剛才說的『六六六』的羈絆呢？」拉哈伯一臉疑惑的看著他。

「對，我的意思是，一直以來的複製品全都失敗，是因爲上天早注定，只有符合『六六六』這關鍵數字，複製才會成功，才會是眞正的撒旦。」撒旦教主正容說道：「而我，就是這眞命天子！」

撒旦教主此話一出，不禁讓我和拉哈伯爲之動容。

「我不明白，你剛才不是說你是『六六五』號複製人嗎？」我疑惑的問道。

「對，我是第六百六十五個複製撒旦，不過，」撒旦教主看著我，冷笑道：「我並不是第六百六十五個撒旦。」

「不是第六百六十五個……啊！」我想了片刻，隨即醒悟。

撒旦教主雖是第六百六十五個複製撒旦，但如果將撒旦．路斯化本尊也一併計的話，鐵面人他就是第六百六十六個撒旦！

雖然我心中已猜到這關鍵，可是突然間，我卻不願出口點破。因爲我不知道，拉哈伯聽到後，會有甚麼反應。

可是拉哈伯畢竟比我閱歷更多，如此易明的事，他怎會想不到。

「依你所言，你豈不是，眞正的撒旦轉世？」拉哈伯眼神複雜的看了看我，又看著撒旦教主。

我聽得他語氣有點沉重，心不禁怦然亂跳。

「不錯，我就是預言中那個重生的『獸』！」撒旦教主看著我，冷冷的笑道：「而你，不過是一個巧合成功的複製品！」

第六百六十六個撒旦，才是眞正的地獄之皇。

如果事實眞是如此，那麼我，又算甚麼？

眞正的撒旦轉世，難道打從複製撒旦研究的開始就決定了？

「慢著！」我眼神凌厲的看著撒旦教主，沉聲說道：「既然你說只有『六六六』，第六百六十六個撒旦才能生存下去，那爲甚麼，我仍然能成功長大成人？」

「因爲你不是從撒旦本尊的血液中培養出來，而是從我的血液中抽取細胞來複製。」撒旦教主冷笑一聲，道：「關係這般轉了一轉，羈絆也就消失不見！」

「但你剛剛不是說過，我和你也是從『撒旦之血』中培植出來的嗎？」我滿是懷疑的看著他。

「嘿，我是撒旦，撒旦是我。」撒旦教主卑鄙的看著我冷笑道：「果然是廢物，這樣簡單的事情都不懂。」

「不，你在說謊。你有甚麼東西正在隱藏？」雖然撒旦教主說這些話時，心跳沒有一絲變動，但不知怎地，我總覺得他的說話不盡不失。

撒旦教主看著我微微冷笑，一時間卻沒有說話

「夠了！」

拉哈伯突然大聲喝道：「甚麼『六六五』、『六六六』實在太煩人了！既然撒旦只能有一個，你們兩個現在就給我來一場生死鬥，誰活下來，誰就是撒旦！」

說罷，拉哈伯從我的肩膀上，向後翻騰下地，當他落下到我腰間之際，忽然貓尾一抽，用力把我向前推。

這時，拉哈伯的聲音忽然鑽進我的腦袋中：「放心，我會協助你的。」

由於拉哈伯這記出其不意，力道不少，我立時腳步踉蹌的向前走了幾步。

忽然之間，我和撒旦教主，只有數步之遙。

他臉上那惹人討厭的得意表情，我瞧得一清二楚。

「拉哈伯，這方法實在有點兒戲。」撒旦教主咧嘴笑道：「不過，我喜歡。」

「別這麼大口氣，我好歹，也是其中一個撒旦！」我瞪著他說道，擦了擦鼻，算是回應了拉哈伯。

「嘿，畢永諾，你當魔鬼才多少年？我要殺你，實在易如……」說到這兒，撒旦教主忽然住口，一臉驚詫地瞪視我身後。

雖然從他詫異的眼神看起來，我背後似乎出了甚麼狀況，可是我卻不知這是否他的誘敵之計，所以一時不敢回頭。

但我嗅到有一股血腥味從背後傳來，接著，撒旦教主忽然向我急奔！

「滾開！」撒旦教主一臉焦急，伸手想要把我推往一旁。

我不知他會否乘機下手，不待他的手碰到我，已然側身閃躲，讓他走過。

如此轉身，我才看見撒旦教主方才驚訝的原因。

只見站在遠方的宮本武藏和薩麥爾，不知甚麼時候都停下了手。

兩人打開魔瞳，面對面的站在原地，四目互相乾瞪，身體紋風不動，彷彿被點了穴道。

我留意到他們腳底下有灘血水，一隻斷手泡在其中，我稍微向上瞧，才發現斷手的人，竟是薩麥爾！

薩麥爾雖然表面看來無恙，但他全身一動也不動的，情況也實在奇怪，而且三頭犬跟楊戩在旁虎視眈眈，難怪撒旦教主會如斯焦急。

可是，撒旦教主才剛越過我，便有一團小黑影如鬼魅般晃到他背後，正是拉哈伯。

拉哈伯長尾如電，一下子繞過撒旦教主的脖子，想要套住他。

撒旦教主反應甚快，當拉哈伯的尾巴快要縮緊，他立時舉掌直豎，阻止尾巴勒住自己的脖頸。

「回去！」拉哈伯旋身擺尾，力道之強，把撒旦教主直摔回剛才站立的地方。

撒旦教主身在半空，頭下腳上，腦袋快要碰到地面時，伸手朝地一撐，翻騰一下，便即牢牢站穩。

「爲甚麼要阻止我？」撒旦教主怒氣沖沖的喝問。

「別把我的話當作耳邊風。」拉哈伯貓影一閃，突然出現在我和撒旦教主之間，對著他冷冷的道：「殺了畢永諾，我就奉你爲主，從今以後聽命於你，不然的話，就別怪我不客氣了。」

撒旦教主像聽到甚麼笑話一般，大笑一下，然後惡狠狠的道：「不客氣？憑你能有甚麼作爲？」

拉哈伯冷笑一聲，道：「嘿，現在薩麥爾受制於宮本武藏，動彈不得，只有你一人，我想沒有作爲的是你啊！」

「嘿嘿，拉哈伯啊，對付你，我自己一個已綽綽有餘！何況你身在之處，是撒旦教的基地，只要我一聲呼喚，就是上千部下！」撒旦教主頓了頓，看一眼頭頂的天花板，才續道：「不過，爲表尊重，我只會讓你一名老朋友來幫手。」

「老朋友？是誰？」拉哈伯皺眉問道。

撒旦教主沒有答話，只冷笑一下，然後撮唇作哨。

突然，一線強光投在地，接著急速擴張，我抬頭一看，是天花板正在打開。

當天花板擴開不久，一人忽地從上層掉下來。

那人如羽毛般輕輕飄下，儀態萬千的落到撒旦教主背後，竟是妲己！

這時妲己不但已穿回衣服，方才的疲態也一掃而去，而且更令人驚訝的是，她手上竟抓住煙兒！

煙兒雖然雙目緊閉，臉色蒼白之極，可是聽得她呼吸順暢，似無大礙。

「九尾狐？」拉哈伯訝異的道。

「很驚訝吧？拉哈伯。」妲己一手擒住煙兒，另一手抿嘴淺笑，笑聲清脆，使聽者舒服之極。

拉哈伯還待要說話，上層突然又有一團黑物跳下來，我定眼一看，卻是嘯天犬！

嘯天犬來勢洶洶，直朝妲己撲去。

妲己氣若游絲的嬌嗔道：「別來！」空出來的一隻如玉素手，輕飄飄的往牠拍去。

妲己這一下看起來軟弱無力，毫無章法，其實當中所蘊含的陰狠之勁深厚非常。

這道陰勁若有若無，受者抵擋的力道稍有偏差，便會讓她勁力乘虛而入，擊得粉身碎骨。

嘯天犬自知不是敵手，不待妲己的手抓到，已在半途翻滾到旁。

可是妲己乘勝追擊，素手突然加快，直往嘯天犬的頭腦攻去。

眼看她的手掌快要拍中時，突然銀光一閃，卻是有一把兵器想接下妲己這掌！

妲己攻得快，退得更快，只見她倏地收掌回袍，免了斷掌之苦。

只見一人站在妲己面前，臉如玉冠，額上長眼，手持三尖兩刃刀，乃是二郎神楊戩。

楊戩三隻眼睛一致的瞪著妲己大喝：「孫悟空，別裝神弄鬼了！快快變回原形！」

妲己聽得楊戩喝罵，忽然春風得意的嬌笑道：「二郎神真愛說笑，賤妾雖面容醜陋，但怎看也不像猴子吧？二郎神真會損人！」

楊戩冷笑道：「老孫，我跟你相識數千年，大戰無數，你的把戲又怎能逃過我的『千里之瞳』！」

「哈哈哈，好一個二郎神！這些年來，你的功力似乎也進步不少！」妲己忽然粗獷地大笑起來，接著手往臉頰一抓，忽地變成一長髮及地，上身赤裸的男子，「來來來！跟我大戰三百會合！」說罷，將煙兒往後一擲。

孫悟空這一擲，力道恰如其分，讓煙兒剛好坐倒地上，我看她位置甚遠，一時間搶救不便，暫不理會。

撒旦教主把手中「靈簫」擲向孫悟空，道：「你的如意棒！將這兩人收拾掉吧！」

已變身的孫悟空一手接過「靈簫」，然後恭敬的跟撒旦教主道：「是！」

「嘿，參孫嗎？好！看看你這臭猴子數百年間，有沒有懶惰下來！」楊戩抑天一笑，手執三尖兩刃刀，便往孫悟空躍去。

站在一旁的嘯天犬似有心靈感應，在楊戩動手的瞬間，也朝孫悟空奔跑過去。

「來得好！」孫悟空大喝一聲，魔氣湧現，手中「靈簫」伸長成棍，把一人一犬的狠招都接過去。

二人拳來刀去，加上靈動十足的嘯天犬不斷穿梭其中，雙方霎時間實在鬥得難分難解。

「嘿，原來是老孫。他現在被楊戩和嘯天犬弄得手忙腳亂了，對付不了我。」拉哈伯看著撒旦教主，冷冷笑道：「還有沒有幫手，讓他們一次過出來吧！」

「我剛才說過，單憑我一個是綽綽有餘，孫悟空只是替我把閒人攔住。」撒旦教主一邊冷笑，一邊道從懷中掏出一件事物。

我凝神一看，只見撒旦教主手指上，沾有一滴彷若水銀的金屬液體。

撒旦教主把金屬液體貼在鼻尖上，卻見那銀液甫接觸到撒旦教主的鼻尖，便即「溶化」擴散，粗糙地貼伏在撒旦教主的臉上，只讓人隱約看到他五官位置，原來是神器「明鏡」！

戴上「明鏡」後，撒旦教那銀色的臉孔，讓人感到一陣冰冷死寂。

「拖得太久了，我得去救薩麥爾。」撒旦教主說道。

「嘿，只有『明鏡』，怎能跟我鬥？」拉哈伯鄙夷的看著撒旦教主說道。

「只要防範你的『窺心之瞳』，便沒有甚麼好怕了！」撒旦教主說罷，忽然朝薩麥爾衝去。

撒旦教主的速度雖然比先前要大大加快，可是，才跑了數步，拉哈伯的身影還是再次出現在他背後。

貓尾靈動如蛇，想要套住撒旦教主的脖子。

同一樣的地點，同一樣的人物，同一樣的招數。

結果。

竟也是同一樣！

「剛才你不是說，只你一個也能對付我嗎？」這一次，撒旦教主連反應也來不及，拉哈伯的尾巴已然緊緊勒住他。

拉哈伯尾巴圈套住撒旦教主的頸子，坐在他頭上嘲笑道：「現在我貓爪一伸，便能把你的腦袋切成腦花！」

「你眞的認爲我是失手被擒嗎？」撒旦教主雖受制於人，但語氣沒有絲毫懼意，「我是故意讓

你勒住的！」

拉哈伯冷冷的道：「還在逞強！」只見他收緊尾巴，使撒旦教主一時間吸不到氣。

可是，撒旦教主沒有掙扎，沒有反抗，只側著頭，斜看拉哈伯。

「拉哈伯，你掛念撒旦嗎？」撒旦教主問道。

「你問來幹麼？」拉哈伯一時間似乎猜不透他的用意，所以不願回答。

「我知道你十分掛念撒旦，不過他已經死了二千年，你也應該接受現實。」話還未完，撒旦教主雙手突然把拉哈伯牢牢按在自己頭上，「你可要知道，現在你的新主人……」

「是我啊！」撒旦教主抑首看著拉哈伯，放聲邪笑！

說罷，一股異於所有魔鬼的邪氣，突然從撒旦教主體內爆發出來！

撒旦教主周身皮膚一下子變得漆黑無光，一把頭髮忽地自行捲束，硬化成一雙黑色長角，貫穿拉哈伯細小的身軀！

「拉哈伯！」我焦急的道，想走上前去，卻發現自己雙腿不聽使喚！

我這才發覺不單止我，原來全場所有人，都因這股獨特霸道的魔氣，而屏氣凝神、靜止不動。

眼前這道絕對黑暗的身影，讓人打從心底裡，散發出一股無窮無盡的敬畏之意。

這種感覺，不是單單的恐懼，而是使人內心產生跪到地上、向他膜拜的念頭。

因為任何動物，無論感覺多麼遲鈍，都會感受到眼前此人散發出來的氣息，是完全屬於黑暗，屬於死亡。

你會覺得，「死」，不再是甚麼遙不可及的經歷，因為你確切的感覺到，眼前此人只要動動指頭，吹一口氣，就能將你帶進地獄的深淵。

可是他的氣息並不是警告，而是恩賜，因為你還感受到它，是活著的證明。

這獨一無二的邪惡，我曾經也感受過。

大約半年前，我錯手殺死師父那天，我不慎從體內最深、最深處，將它釋放出來。

這是，「地獄之皇」獨有的。

魔氣。

「黑暗化」的撒旦教主伸出烏黑的手，抓住拉哈伯的項領，強行把他的上半身拉扯出來，然後放到自己面前。

「現在知道，我爲何能夠收拾你嗎？」撒旦教主看著拉哈伯笑道。

拉哈伯神智有點模糊地凝視著他，沒有說話。

他的鮮血一直從撒旦教主的頭頂，慢慢流滿「明鏡」，爬到衣領中。

染紅的鏡面，反映著拉哈伯百感交雜的臉孔，我卻從他的眼中，找到一絲欣喜之色。

欣喜之色？

撒旦教主見拉哈伯沒有作聲，只冷笑一聲，便把他扔到地上。

拉哈伯在半空中催動魔氣，把下身修復後，轉了一圈落到地上時，竟然雙膝下跪，朝撒旦教主俯首！

看到這情況，我的心，立時涼了一片。

難道，大局已定？

撒旦教主不再理會拉哈伯，轉頭朝同樣呆住的塞伯拉斯，微笑道：「怎樣，很意外嗎？」

「這怎麼可能……你真是撒旦嗎？」塞伯拉斯張口結舌，一臉不能置信。

撒旦教主笑道：「這雙長角、這身黑膚、這股氣息，難道你不熟悉嗎？」

「熟悉……熟悉得很！不過，」塞伯拉斯喃喃的道，「撒旦不是早已死了二千年嗎？」

我看見他六隻眼睛皆隱隱泛著淚光，而且說話激動，看來他思念撒旦過度，當嗅到教主散發出來的氣息時，竟將二人混淆。

「我的確在二千年前死了，不過，我在世上的任務未完成，而且我知道你們很想念我，所以我回來了！」撒旦教主似乎也察覺到，只聽得他語氣突然變得溫和，道：「塞伯拉斯，雖然現在我以另一姿態存在，但你仍願意爲我效力嗎？」

塞伯拉斯不假思索，便一手撐著鞭棍，單膝跪下，聲若洪鐘的道：「願意！」

塞伯拉斯這一喝，把我心內唯一的希望也喝掉。

出發前，塞伯拉斯曾說，他不會承認我或撒旦教主爲眞正撒旦，因爲他心目中，只有死了二千年的撒旦才是眞正的「地獄之皇」。

誰知當撒旦教主「獸化」後，塞伯拉斯的反應竟如此出乎意料。

拉哈伯已投向撒旦教一方，現在連殲魔協會也成爲我的敵人。

變故橫生，霎時間我竟變得孤身一人。

四位魔君，撒旦教主，宮本武藏，楊戩，嘯天犬。

我一人，能敵得過他們嗎？

正當我心緒不寧，思潮反覆時，只聽得撒旦教主對塞伯拉斯命令道：「三頭犬，你快讓宮本武藏停手，薩麥爾乃是我重要部下，死不得。」

「可是，薩麥爾是當年殺死你的兇手。」談起薩麥爾，塞伯拉斯的語氣回復一貫怒氣。

撒旦教主微笑道：「不錯，他曾殺死我，可是他已悔改了。而且要不是他進行複製研究，我也不會復活，對嗎。」

塞伯拉斯想了想，覺得此話不錯，便轉過頭，對嘯天犬說：「嘯兒，快將武藏喊停！」

楊戩聽到塞伯拉斯的話，語氣焦急的道：「義父！武藏現在正跟薩麥爾交手，如果讓嘯天強制把他們喚醒，他們二人都會身受重傷，武藏更可能從此不能使用魔瞳！」

塞伯拉斯冷眼看了看武藏，思了片刻，道：「不礙事，他們死不了的，你讓牠嘯吧！」

楊戩依然覺得不妥，勸道：「可是……」

「別再廢話！」塞伯拉斯瞪著楊戩喝道。

楊戩自知勸他不過，嘆了口氣，便撫著嘯天犬的頭，道：「嘯天，叫醒他們吧！」

嘯天犬看著楊戩低吠一陣，忽然仰天一嘯！

嘯天犬這嘯聲能使魔瞳異能有一瞬間失效，當日牠也曾在火車上，把我加諸在楊戩腦中的幻覺消除。

嘯聲一響，只見宮本武藏和薩麥爾二人忽然同時狂吐鮮血，然後身子軟若無骨般倒在地上！

「武藏！」楊戩立時搶身過去，把他接住，孫悟空也跑去扶起薩麥爾。

但見他倆臉色慘白，呼吸粗重，似乎都因刺激過度，一時昏倒過去。

撒旦教主走上前，觀察薩麥爾一會兒，看他沒有大礙，便放下心頭大石似的舒一口氣。片刻，撒旦教主忽然轉過頭，跟塞伯拉斯說道：「三頭犬，現在我給你第二個任務。」

「請吩咐！」塞伯拉斯抬起頭，恭敬的看著撒旦教主。

撒旦教主沒有立時下令，只笑了笑，然後轉過頭看著我。

「替我殺了，畢永諾！」

我瞪著撒旦教主，怒不可言。

當我看到塞伯拉斯和拉哈伯對撒旦教主那恭敬模樣時，我就知道撒旦教主很快便會下這命令。

雖然我未能控制「獸」的黑暗力量，可也是撒旦複製人，對他地位始終有威脅。

正當我以為塞伯拉斯會立時出手，誰知他竟說道：「不，我不能殺他。」

撒旦教主身上散發一絲怒意，沉聲問道：「你違抗我的命令？」

「不，因爲我曾跟畢永諾立下血契，要替他取得『約櫃』，不然便會受殛雷之刑。」塞伯拉斯看了我一眼，眼神冰冷得像看著一具死屍，「所以無論如何，我都不能對他動手。」

塞伯拉斯先前說得決斷，可是只一股撒旦氣息，便讓他回心轉意。

想到這我不禁無奈苦笑。

「啊，原來你想要『約櫃』。」撒旦教主看著我笑了笑，轉頭跟塞伯拉斯說：「你先回去安頓吧，過幾天我會跟你聯絡，再慢慢跟你說明事情原委。」

「是！」塞伯拉斯點點頭，轉身去檢查一下武藏的傷勢後，便帶著殲魔協會衆人，從剛才武藏打破的洞子離去。

楊戩跳到上層時，回頭眼神滿是歉疚的看了我一眼。

孫悟空向撒旦教主行禮後，亦帶走仍然昏迷的薩麥爾。

霎時間，衆人皆去，場上只剩下四人。

「好了，你還要跪到甚麼時候？」撒旦教主瞪了一眼地上的拉哈伯，冷冷的道。

「我不敢起來。」拉哈伯說道，仍舊跪在地上。

「爲甚麼？」撒旦教主冷笑一聲。

「因爲我得罪了你。」拉哈伯低聲說道。

撒旦教主冷笑道：「你承認我是眞正的撒旦轉世了嗎？」

「是。」拉哈伯立時回答。

「既然如此，你應該知道怎樣才能將功贖罪吧？」撒旦教主看著我，不懷好意的笑道。

我沉聲怒道：「別欺人太甚！要殺我儘管自己動手！」

「不，我不會動手，我就是愛看你火光的樣子。」撒旦教主指住我大笑道：「對對對！就是這樣子！我還要看看你被你同伴殺死時，那個無奈的死態！」

聽得他這般說，我一時間氣得說不出話來，只怒瞪他不放。

撒旦教主看到我的樣子，越感得意，笑了一會兒後，轉過頭朝拉哈伯道：「拉哈伯，快抬起頭來，你要動手還是不動！」

「動！」拉哈伯沉聲道。

這一個「動」字，不知怎地，在我耳中徘徊不休。

我看著拉哈伯慢慢抬起頭，心，慢慢沉下去。

數分鐘前，他還是我亦師亦友的夥伴，數分鐘後，竟然爲了另一個「我」，而親手取我性命。

世上最諷刺的事，莫過於此。

四年來一直將我訓練成魔的人，今天竟要親手殺死我。

「小諾，」

拉哈伯用那雙毫無感情的碧綠貓眼看著我，道：「是時候，作個了斷了。」

拉哈伯的語氣雖一貫冰冷，這次卻不知怎地，讓我彷彿墮進冰窟，徹骨心寒。

突然間，我心頭浮現出一種孤立無援的感覺

難道，拉哈伯眞的會如此絕情？

|||

「唉，臭貓，我眞的猜不透你在想甚麼。既然你對我的能力存疑，孔明也明言我 成爲撒旦的機會渺茫，你又可苦要跟我在一起呢？」我嘆了一口氣。

「小諾，好歹我們也有四年的感情，我當然不會隨便捨你而去。」拉哈伯陰惻惻的笑道 。

「四年感情？你這頭數千歲的魔鬼會在意這短短四年的感情？我可是不相信啊。」我冷笑道。

不知怎地，我的鼻子竟然有點酸。

「拉哈伯，」我強笑道：「你果然是頭活了數千歲的魔鬼。」

「別反抗，」拉哈伯躍到撒旦教主的肩上，看著我道：「我答應你，讓你不痛苦的死去。」

我冷笑道：「別以爲我這四年來是白白受訓的！你和師父的每一式每一招，我都記得清清楚楚。」

「那麼你也應該記得我曾說，」拉哈伯的左貓眼突然變得鮮紅如血，看著我道：「只要我發動『窺心之瞳』，你魔氣運行得再快，也來不及保住你的性命。」

我知道拉哈伯所言非虛，只要和他的「窺心之瞳」一接觸，我心中所想的任何東西，便會在瞬間傳送到他腦袋中。

我預想的每一步、每一招殺著，他都一清二楚。

「拉哈伯，你想清楚了嗎？你認爲他眞的是撒旦嗎？」我看著他，苦笑道。

「小諾，他能『獸化』而又不失理智，這不就是眞正撒旦的證明嗎？」拉哈伯的聲音，聽起來有點苦澀，「其實我早已覺累，沒有撒旦的這二千年，我感覺如行屍走肉。現在……他、他再次出現，我已不想再有太多紛爭。小諾，他比你早成爲眞正的撒旦，這事我也無可奈何。」

「我明白，成王敗寇，這是千年不變的道理。」我冷笑道：「你這老貓經歷不少國家興衰，所以殺死我，想來你也不會怎放在心上！」

「不，你是與衆不同的。」拉哈伯看著我誠懇地說罷，聲音忽然變回冰冷，「小諾，你想『獸化』？」

我冷笑一聲，沒有回答。

雖然我很想逃走，但論速度，我遠遠不及拉哈伯，而他也不會念及舊情而放我一馬。

所以，扭轉局勢的方法，唯有一個，就是跟撒旦教主一般，進入「獸」的狀態。

只有這方法，我才能生存下去。

「我，還不想到地獄去。」

我無奈地笑，將一切情緒拋諸腦後，喚出我此刻唯一一個同伴，「鏡花之瞳」。

「別那麼幹，你還不能控制那股力量！」拉哈伯皺眉說道。

「嘿，既然你對那股氣息這麼崇拜，我唯有用這模樣跟你戰鬥！」我強顏笑道：「他能變身，我也能。別忘記變身後的我，曾殺死一名七君！」

「那次你失去理智，最後也是我將獸化後的你擊昏。」拉哈伯豎起長尾，足以和薩麥爾比肩的魔氣，不斷從他細小的身軀爆發出來，「我會在你完全變身之前把你殺掉，免得你破壞這兒。」

「那麼我現在就要把這裡的一切摧毀掉！」我大聲喝道。

我不把魔氣散發出來，反積聚在「鏡花之瞳」之中，因爲當我的魔氣累積到一定程度，我便能讓魔瞳誘發出血液中，屬於撒旦的絕對黑暗力量。

我知道，力量喚醒的一刻，我的神智會同時喪失。

不論敵友，格殺勿論。

「再見了，拉哈伯。」我心中默默的道。

「小子，再見了。」拉哈伯的聲音忽然在我背後出現！

我還來不得及反應，後頸忽然一痛，身體不自由住的倒在地上。

我知道拉哈伯擊碎了我的脊椎，讓我突然全身無力。

我沒理會痛楚，想將體內魔氣運行的速度催谷至極點，可是拉哈伯看穿我的心意，貓尾蜻蜓點水般連插十數下，將我身上十數穴道戳傷，阻截魔氣運轉。

我怒氣沖沖地瞪著他，可是拉哈伯看著我的眼神，竟猶如看著陌生人般冰冷。

他每戳一下，我的心便痛一下。

「小子，放棄吧！你魔氣的運行路徑已被截斷了，無論如何也不能『獸化』！」

我奮力運氣，想修復身上的傷，可是拉哈伯尾巴點過不停，使我傷口的深度不斷增，回復不得。

「拉哈伯，難道你連我最後的機會也要抹煞嗎！」我躺在地上，看著坐在我胸口上的拉哈伯怒道。

「沒錯。既然明知勝不了，爲何還要苦苦掙扎？」拉哈伯慢慢上來，低下頭看著我。

只見他的尾巴如毒蛇般左搖右擺，可是尾尖一直停留在我的魔瞳之上。

「你眞的要殺死我？」我冷笑道，沒有絲毫畏懼。

「對。」拉哈伯完全沒有考慮，立卽回答。

「我死後，撒旦教主也不會放過你的。」我苦笑道。

拉哈伯抬頭看了撒旦教主一眼，說道：「我閱人無數，雖然他憎恨你，但我卻知道他很需要我……」

說到這，拉哈伯忽然瞳孔一縮，像看到甚麼奇怪的東西。

接著，他說了一句我萬萬也想不到的話。

「不！」

拉哈伯錯愕的看著撒旦教主：「你不是撒旦！」

我驚訝萬分，用力把頭抬頭，可是面前只有撒旦教主一個，並無他人。

「你在胡說甚麼？」撒旦教主皺眉說道：「別在那兒磨磨蹭蹭，快給我殺了這廢物！」

拉哈伯忽然從我身上跳下來，踱步向前，眼神淩厲的瞪視撒旦教主，「你究竟是誰？」

撒旦教主冷笑道：「你的腦袋壞了嗎？我是撒旦，『地獄之皇』，你的主人！」

「不，你不是。」

拉哈伯身上魔氣忽然暴增。

「你胸口上血圖騰的字樣，不是『六六六』！」拉哈伯看著撒旦教怒喝，魔氣沖天！

我之前爲了逃離撒旦教主的掌控，曾在他胸口踢了一下，使衣服破損了點。現在他進入「獸」的狀態，又因剛才傷了拉哈伯而沾了鮮血，使胸口圖騰顯現；從他衣服破口看去，那血圖騰看起來雖跟我的差不多，可是他左肩上的一角，卻果跟我有所不同！

「你究竟是誰？」我看著撒旦教主說道。

我從瀕死邊緣突見曙光，不禁倍加留神。

如果撒旦教主眞的不是撒旦，拉哈伯便再沒有殺我的動機。

「你們再問多少次，我的答案也不會變。」撒旦教主自知露出破綻，忙用手按住衣服破損處，冷笑道。

「爲甚麼你的血圖騰會跟我的不一樣？」我扯開上衣，腳步不穩的站起來。剛才被拉哈伯弄傷的穴道血流如注，因此我上身滿是鮮血，也顯現出圖騰來。我指著我的胸口，冷笑道：「這才是眞正的『獸』印。」

「嘿，不要再問。不然我連拉哈伯你的性命也要取去。」撒旦教主冷笑道。

「取我性命？」拉哈伯慢慢走近撒旦教主，每踏一步，身上殺氣便加重一分。來到撒旦教主面前時，拉哈伯的腳印，已深陷在混凝土地中。

「你冒認撒旦，戲弄於我。」拉哈伯仰首怒喝：「要死的人，是你！」

撒旦教主俯視著他，語氣中毫無懼意道：「要動眞格嗎？」

「既然你非撒旦，那我也沒甚麼好顧忌了。」拉哈伯露出銳利的獠牙，殺氣騰騰的道，「不過你放心，所有疑團還未弄清楚之前，我不會將你殺死。」

「嘿，我剛才不是說過，」撒旦教主笑道：「只我一人，已足夠對付你嗎？。」

「『獸化』後的你的確實力大進，不過，跟薩麥爾還有一段距離。」拉哈伯搖晃著尾巴。

「嘿，卽便如此，要收拾你也綽綽有餘。」撒旦教主笑道。

「對，不過……」

拉哈伯瞪著撒旦教主，「不是變身後的我！」

說罷，拉哈伯忽然仰天長嘯，身體同時急速變大！

拉哈伯這嘯聲非獅非虎，不像嘯天犬的叫聲那般響徹雲霄，而是使聽者感到無比刺耳，渾身如被萬針所戳。

每當他的體型增大一分，他的嘯聲便會變得更加雌雄莫辨，尖銳非常。

只見拉哈伯由一隻細小黑貓，轉眼間已變成一頭大黑虎；同時間他的面目也開始劇變，黑毛漸退，臉型拉長，五官突出。

再過片刻，拉哈伯已變成一頭四層樓高，渾身黑毛的虎形巨獸，可是他卻有一個長髮及肩，猙獰之極的人頭！

那是，獅身人面獸！

人頭獅身，才是拉哈伯的眞正面目。

由於眞身體積過度龐大，被貶下凡後，爲減低活動時大量消耗魔氣，拉哈伯便將自己身體縮成細小的貓兒。

唯有最要緊的關頭，拉哈伯才會釋放長久抑壓的魔氣。

變回巨獸，施展百分百的力量。

「我太魯莽了，方才差點殺了你。」拉哈伯背著我，用那刺耳的聲線說道，「不過，一切很快便會結束。」

撒旦教主看著人頭獅身的拉哈伯，一時間似乎震驚得說不出話來。

變身後的拉哈伯雖然實力還不比上薩麥爾和眞正撒旦，但半年前當我在埃及失控時，他曾把同樣「獸化」的我制服。

如今撒旦教主的力量雖比我爲高，但拉哈伯應該還應付得來。

薩麥爾昏迷不醒，現在拉哈伯已再無敵手，這場戰鬥，應快結束了。

我看著他那矗立如山的背影，想到方才形勢極之嚴唆，突然又變得有利於我，心不禁稍微放鬆。

「小子，剛才……不好意思。」背對著我的拉哈伯，突然利用傳音入密跟我說道。

我聽得他話中有歉意，雖然剛剛他對我狠下殺手，不過我明白他也是無可奈何。

我沒有回應拉哈伯，只用手，擦擦鼻頭。

「你還在氣我吧？」拉哈伯陰陽怪氣的說。

我嘴角微起上勾，算是笑了。

雖然他背著我，但以拉哈伯的聽力，絕對能清楚我的舉動。

「嘿，好吧，這些以後再說。」拉哈伯笑道：「你趕緊後退，待會我的攻勢猛烈，我不想誤傷到你。」

我依言向後退了數步。

「再後一點。」

雖然我現在站位置，拉哈伯無論如何也應該接觸不到，但他如此吩咐，我也只好再退後一點，來到躺在地上的煙兒前。

「好了，好了，你站在這兒別動。」

我聞言跓足不動，誰知這時，拉哈伯原本怪異的聲音一轉，突然變成另一個人！

「嘿，你中計了。」

是撒旦教主！

我心知不妙，可是剛想作出反應，一張俊俏臉孔忽然神出鬼沒地出現在我面前。

「戰鬥結束了，」薩麥爾冷冷說道：「睡一會兒吧，小朋友。」

說罷，只見他的手閃了一閃，我的後腦突然劇痛，似乎腦骨碎裂，接著眼前一黑，就這麼昏倒過去！

第三十章——脫牢而出

第三十章 脫牢而出

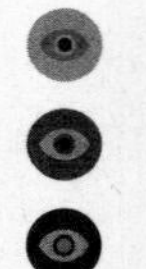

腦海被黑暗完全吞噬，剩下的只有痛楚。

眼皮很重，一直撐不開。

很重，很重。

連頭也感到很重。

我知道自己昏迷了，卻想不起爲甚麼。

只覺得，心情很重，很不舒服。

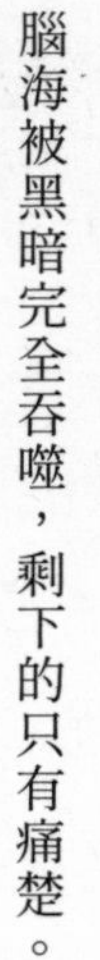

腦袋昏昏沉沉間，回憶就像一塊摔在地上的鏡子，零散、片段的往事偶爾插進我的思緒。

很眞實，卻又斷斷續續。

我想起小時候，想起媽媽，想起爸爸，想起另一個爸爸，想起師父，想起那個沙漠。

想起，改變自己的那一天。

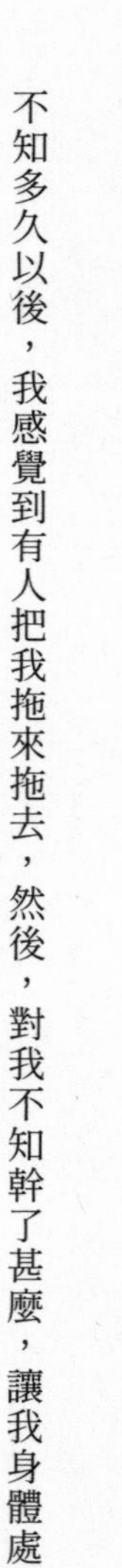

不知多久以後，我感覺到有人把我拖來拖去，然後，對我不知幹了甚麼，讓我身體處處劇痛。

痛得我想大喊出來，可是喉頭卻不知怎地發不出半點聲音。
又不知過了多久，我聽到有人在我耳邊說話，可是我想來想去，也記不起話的內容。
在我耳邊說話的人，好像不止一個。

有二個？三個？

因爲我記得耳邊發出的情緒很多。
有歉意，有喜悅，有憤怒，有愛。

愛？

我記不起了。

我還記得，我的臉曾經感到一陣冰冷，可這冰冷底下，又有溫暖。
是手。有人用手輕撫我。
然後，我乾沽的嘴唇，彷彿被誰吻了，吻得很溫柔。

吻？

我竭力睜開眼睛，視線模糊失焦，卻隱隱約約，看到眼前似乎有一白衣人。

我看不清那人的臉龐，但留意到那人有一把很長的頭髮。

很長，很長的頭髮。

是個女子？

她發現我睜眼以後，忽然匆忙離去。

我看著她朦朧的背影，感覺很是熟識。

她究竟是誰？我很想知道，卻不知道。

我又一個人了，昏昏沉沉，四周寂靜得很。

不知多久以後，耳邊傳來一道聲音，叫我醒過來。

快醒過來。

快醒過來。

快醒過來。

快醒……

「大哥哥，快醒過來！」

是煙兒！

煙兒焦急的呼喊聲，讓我從迷糊中慢慢甦醒過來。

我努力張開雙眼，好不容易，才讓光線鑽進我的瞳孔。

縱然頭痛欲裂，但我不得不清醒神智，努力讓無數影像慢慢重疊成一。

我滾動眼珠，勉力看看四周，發現周遭昏暗無比，自己原來正置身於一鐵牢中。

我在哪兒？

我竭力清醒神智。

正當我奇怪爲何看不見煙兒時，她的聲音忽從我上方輕輕響起：「大哥哥，我在你頭頂！」

我想要抬頭，怎料一掀動頸子，混身上下便散發錐心劇痛！

我忍不住喊痛，但只能發出一陣低沉沙啞的聲音，這時我才知道自己的喉嚨被人弄碎了。

「大哥哥，你周身都插有銀釘，不要亂動！」煙兒輕聲說道：「我在你頭上的通風道，不過這鐵蓋鑲得太緊，我一時間下不來。」

我聞言一驚，連忙往下一看，果然渾身上下都是沾血的銀釘。銀釘全都插在我身上要穴，入肉數寸，只露出少許在外，顯然想阻止我的魔氣運行。魔氣不通，身體自然不會自動復原。我眼角瞥見地上血漬斑斑，知是從自己傷口流出來的，不過血色暗紅，想來我已被困在這兒好一陣子。

我爲甚麼會在這兒？我忍著頭痛，試著回想。

我記得，我昏迷前是身處在那玻璃管和死屍林立的地方。當時拉哈伯察覺到鐵面人不是眞正撒旦，便變回獅身人面獸，和「獸化」的他對峙。開戰之前，拉哈伯用傳音入密叫我退後一點，我依言後退後數步，他的聲音忽然換成鐵面人，接著薩麥爾神出鬼沒的在我背後出現，把我擊昏……

對了！

那是鐵面人用變聲術模仿拉哈伯後的聲線！拉哈伯由始至終都沒有用傳音入密跟我說話！

想通此節，我便推測到事情的大慨。薩麥爾雖被嘯天的嘯聲弄昏，但他畢竟是七君之首，很快便醒過來。之後，他回到密室上層，乘我和拉哈伯傳心對付鐵面人時，利用傳音入密跟鐵面人交談，讓他使計誘我到有利他偷襲的位置。

這情況，跟拉哈伯在佛羅倫斯偷襲薩麥爾一樣。

雖然這只是我的推測，但相信十九不離其中。

昏迷後的記憶很模糊，很零碎散亂，我連自己被人釘滿銀釘和囚禁在這兒的印象也沒有，我也不知子誠和拉哈伯是不是被囚禁在附近。

我猜想煙兒本也被囚禁著，但不知用如何逃了出來。

可惜我現在失聲，一時難以問她。

但爲甚麼鐵面人不殺我呢？我的存在對他是個威脅，但他卻不乘機殺了我，只是將我弄成這個模樣後囚禁起來。

我想來想去也想不到箇中因由。

「大哥哥，你還好吧？」煙兒見我久不作聲，便即憂心地問。

我微微點頭回應，然後嘶啞的叫了幾聲。

煙兒詫異的道：「你的喉嚨傷了？」

我低沉的「嗯」了一聲，便稍定心神，分折一下目前狀況。

現在形勢對我大爲不利，撒旦教不單把衆魔魔瞳弄到手，連唯一和他們抗衡的殲魔協會也倒戈相向，雖然我日後可向三頭犬詳述其中誤會，但要他相信實非易事，何況撒旦教主既能「獸化」，又有薩麥爾相助，要一舉扳倒他們，實在不易。

想到這，我不禁沉重的嘆了口氣。

「不過，我不能坐以待斃，當務之急，是先脫離這兒，找回拉哈伯和子誠。」我心中想道，同時盤算離去的方法。

我緩緩轉動脖頸，盡量減低痛楚，好再次審視這鐵牢獄。

牢室面積不大，想來是設計成只囚一人。

除我以外，室內空無一物，只有四面鐵牆。

我前方設有一門，可是這門沒有任何窗框洞口，平平滑滑的，似乎室內另有監視裝置。

由於我頭部沒有釘上銀釘，魔瞳無損，所以魔力和聽力還在。

於是，我闔上眼睛，靜下心神，聆聽房間動靜。

鐵牢死寂非常，乍聽之下，沒有半點聲響。

但我微運魔力，周遭的聲音便盡收耳底。

噗，噗，噗。

頭上有一道急速的心跳聲。

是煙兒。

噗……噗……噗……

另一道較慢的心跳。

是我自己。

還有……

「嗞……嗞……」

左首的一角，傳來絲絲機械運轉的聲音！

我睜開眼睛，稍稍打量那個角落，雖外表毫無異狀，但我隱約感受到有數道目光向我投來。

是閉路監視器！

我猛地將魔氣凝聚左眼，打開「鏡花之瞳」，瞪著那看不見的鏡頭，想入侵監視者的思想領域。

但看了良久，還是徒勞無功。

「果然如此。」我心下暗道，收回魔瞳。

監視者似乎另有阻隔魔氣的裝備，防止魔瞳的精神攻擊。

所以如果我有任何動靜，他們第一時間便會知道。

我想了想，接著輕輕用頭敲了敲身後的鐵牆。

除了冰冷的質感，還傳來一陣沉重的回響，看來牆身十分厚實，沒設有甚麼機關。

這樣子，如果我有甚麼異動，他們要制伏我的話就必需親自進來。

既然如此。

「就引他們進來吧。」我心中冷笑道。

想好辦法，我立時行動。

我先緩緩向前斜倒，背向監視器，好讓他們看不到我的動作。

待我完全倒在地上，我便開始伸手拔掉左胸上的銀釘。

怎料一拔。

「啊！」

我禁不住痛楚，嘶啞大叫！

由於手軟弱無力，我只能拔出半根，如此拖拉，反而更痛。那種痛徹心扉的感覺已讓我險些流出淚來，可幸我的喉嚨也釘有一銀釘，不然呼痛聲定必驚動他們。

「大哥哥！你在幹甚麼！」煙兒見我一臉痛苦，不禁焦急的問道。

我沒有理會她，因爲我知不能背著他們太久，否則便會惹起他們的疑惑，所以只好咬緊牙關，用手將銀釘，一根一根拔出來。

由於銀釘實在插得太深，我每每要用力三四下，才能完整拔出一根。

雖然我每拔一下，痛楚便削弱我的意志一分，但我左胸同時漸漸回復感覺，本來散亂的魔氣也重新凝聚，使左胸和左肺的傷口慢慢癒合。

好不容易，花了大半小時，我終於將左胸穴道上的全都拔掉。

握在手中，有六根吋來長的染血銀釘。

我看著手中銀釘，心裡咒罵一句，便將其中一根，含在口中。

我慢慢別過頭，正面面對那個監視器。

再次確認監視器位置後，我深深吸一口氣，讓左邊肺部盈滿新鮮空氣，然後奮力一呼，把口中銀釘朝監視器吐去！

雖然我只用一邊肺部，但在魔氣催動下，瞬間的爆發力足讓銀釘威力不亞於子彈。

只見銀釘激射而去，釘穿假牆，接著聽得一聲細微的機械爆炸聲，灰煙裊裊，想來鏡頭另一邊已變成雪花畫面。

由於銀釘勁力十足，飛勢非肉眼能辨，所以卽使另一邊的人目不轉睛地監視我，也不會察覺到是我破掉監視器。

我知道很快便會有人進來查看，所以必需爭分奪秒。

我將另外四枚銀釘放進口內，然後看著頭上天花。

這時，我才看到煙兒在那縱橫交錯的蓋子後，十根手指抓緊那密密麻麻的洞孔，一臉憂色的看著我。

我心下閃過一陣感動，但知現在不是感慨的時候，便張一張口，讓她看到我口中的銀釘。

煙兒想了想，便明白我的用意，連忙退到一旁。

待她的臉隱沒在黑暗中後，我便即再次運氣急吐，四根銀釘連環發射，分別在通風蓋的四角貫出四個小洞來。

沒了螺絲牽制，鐵蓋便即從高空掉下來，卻見黑影一閃，煙兒已在半空把蓋子抄在手中，然後輕輕飄下來。

「大哥哥！你沒事吧？」煙兒輕輕扶起我，憂心忡忡的問道，竟禁不住掉起淚來。

我搖搖頭，然後指了指喉頭上的銀釘。

「你要煙兒拔掉它？」煙兒用手拭去淚珠。

我點點頭，又指了指門口，示意時間無多。

煙兒明白，也不多話，便伸手拔掉我喉嚨的銀釘。

由於她手上勁力比我大，所以一下子就能拔掉銀釘，饒是如此，我還是痛得嘶叫起來。

我強忍痛楚，立時用魔氣覆蓋傷口。

回復聲線後，我便問煙兒道：「你是怎樣找到我的？」

「大哥哥，你忘了嗎？」煙兒指了指我的手，我低頭一看，見到中指上戴有她編的黑髮戒指，便明其理。

我嗯了一聲，還待要說話時，耳中聽到有一道急促的腳步聲正從遠處傳來。

我知道是撒旦教派來檢查房間的守衛，便即叫煙兒帶著鐵蓋躲回通風道中，自己則將數根銀釘含在口中，然後躺回地上，維持剛才鏡頭崩壞前的姿勢，扮作昏迷。

才剛預備好，門外響起數聲按鍵的聲音，接著鐵門突然迅速向上升起。

來者一身黑色武裝，卻是殺神小隊的戰士。

他對我稍稍打量後，便朝頭盔裡的對講機說：「報告，囚犯似乎仍在昏迷。」

只聽得對講機另一邊的人說：「檢查一下他的身體，提防有異。」

那戰士應了一聲，用步槍槍嘴挑起了我的頭，想再詳細檢查時，我突然睜眼發難，口中銀釘朝他沒保護的喉嚨激射！

銀釘清脆地貫穿他的喉嚨，那人沒哼一聲，便即死去。

就在他要倒地時，藏身在通風管的煙兒立時衝下來，扶住屍體，不讓它發出半點聲響。

我接過他的頭盔，運起變聲術，模仿他剛才說話的語氣朝對講機說：「報告，囚犯沒有異樣，還是在昏迷狀態。」

另一頭的人說道：「那你檢查一下監視器有甚麼問題，記著保持通話。」

「收到了。」我沉聲應罷，便關掉收音器。

「大哥哥，現在我們怎麼辦？」煙兒把屍體放在一旁後問道。

「你過來，先將這銀釘插回我喉嚨中，然後再替我拔掉身上其他銀釘。」我遞上剛才左胸剩下的一根銀釘。

「大哥哥，你忍著！」煙兒明白我不想在拔釘時的尖叫聲驚動他人，雖然不忍，也依言接過銀釘，咬著牙，朝我喉嚨一插！

這一插比用甚麼利器還要來得痛苦，我眼淚直流，噴射出來的血也濺得煙兒滿臉鮮紅！

煙兒知道時間越久我們便越危險，也不等我開口，便開始拔掉我身上銀釘。

煙兒每次一下便能完全除掉銀釘，不致使我折磨太多。

雖然拔釘之苦痛得我叫苦連天，但魔氣重新流暢起來，身體亦同時漸漸復原，重拾感覺。

我不停嘶叫流眼，幸好煙兒動作迅速，沒拖延我的痛苦。

拔到最後，終於又剩下喉頭上那銀釘。

「大哥哥，你要忍耐啊。」煙兒五根雪白手指抓緊銀釘露出的一端，用力一拔！

「嗄……啊！」我臉上青筋盡顯，牙關咬得出血，才勉強忍耐，不致昏倒過去。

釘傷噴出來的血將煙兒整個人弄得紅彤彤，我自己也因爲強忍痛楚，弄得血汗淋漓，不過沒了銀釘的束縛，現在整個人頓時大爲輕鬆。

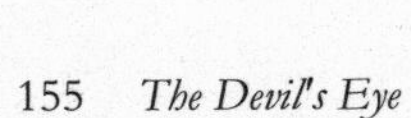

「終於拔光那些討厭的銀釘了。」煙兒擦了擦額上的汗珠，舒了一口氣。

我調整氣息，運動體內魔氣，使身體的傷口快速復原，一邊問煙兒：「你怎麼會在那通風道內？你沒被他們囚禁嗎？」

煙兒搖搖頭，道：「不，煙兒之前也給那些壞蛋給囚在這種鐵牢中，不過因爲煙兒不是魔鬼，他們沒用銀釘，只是用鐵手銬腳銬鎖住我。」

「那你是怎麼逃出來的？」我不解的問道。

煙兒伸出左手，笑道：「大哥哥，抓住我。」

我不知道這小妮子搞甚麼鬼，但還是依然緊緊扣住她的手腕。

怎料我的手才一抓緊，煙兒頑皮地笑了一聲，皮膚倏然變得極度柔滑，一下子從我手中掙脫！

「原來你是這樣擺脫那些鐵銬。」我想起第一見面時，曾想抓住她，也是被她用這法子脫掉。

煙兒點笑道：「這是媽媽教的『玉脂功』。煙兒天生適合修練這功法，比媽媽還要厲害呢！」

我想了想，喃喃道：「煙兒煙兒……你的名字，就是從這而來吧？」

煙兒嫣然一笑，道：「對，就是『一溜雲煙，捉摸不住』的意思。」

「現在不是說這些的時候，我們得盡快離開。」我皺了皺眉，「塞伯拉斯和他的義子們不在此地，拉哈伯則應該被人囚禁著。」

「嗯，煙兒嗅到媽媽和子誠哥哥的位置，但卻不知拉哈伯在哪兒。那麼我們要先救誰？」

煙兒看著我，眼神滿是關切，顯然很想念母親。

我想了想，道：「先救你媽媽。」

既然不知拉哈伯位置，就得先救另一個實力較強的人，這樣逃走起來也有較大勝算。

煙兒聽後，立時臉現喜色，道：「太好了！」

我笑了笑，看到她那笑容時，忽然想起昏迷中，曾有一名女子吻過我，那女子會不會就是煙兒呢？

「對了，煙兒……」正當我想開口問她時，才醒起她先前連通風蓋子都弄不開，因此也不可能從正門進來，所以便即住嘴。

「怎麼了？」煙兒奇道。

「嗯……對了，你知道先前我們在密室救出來的人，不是你媽媽嗎？」我想吻我者可能是另有他人，又可能只是我的幻覺，於是便轉過話題。

「煙兒知道！是孫悟空那臭猴子變成媽媽的模樣，騙了我們！」煙兒鼓脹臉蛋，怒氣沖沖的道：「煙兒跟他相處一會兒，平伏心情後，才發覺他身上沒有媽媽的氣味。本想跟子誠哥哥說，但卻給臭猴子先下手，把我倆擊昏。」

「嗯，有機會我定會替你教訓一下那傢伙」我說著，看到身上衣服被銀釘弄得破洞處處，難以蔽體，便即換上那屍體的武裝。

「你想喬裝他們，然後蒙混離去？」煙兒笑道。

「嗯，我猜這一層牢房處處皆是監視器，若貿然走出去，定會惹人注意。」我束了束腰帶，道：「現在我身體還未完全復原，不能力敵，通風口道又太小，我爬不進去，所以只好扮作他們的一份子，乘機逃走。」

「那煙兒怎麼辦？」

「你爬回通風口道，隨著我的氣味而行吧。」我戴上頭盔，煙兒的樣貌立時蒙上一層黑影。

只見她呶起嘴唇，無奈的道：「好吧，那煙兒爬回去喇。」

我拍了拍她的頭，便打開收音器，再次用變聲術說道：「報告，監視器外表正常，看來是內裡零件故障。」

可是過了很久，另一邊都沒有回應，我把話重複幾次，對講機始終再沒傳來任何聲音。

難道出了甚麼狀況？

我微感奇怪。

我檢查一下對講機，確定它仍在運作後，便走出鐵牢。

外面是一條長長的走廊，每隔數米，便是又一間囚室。

我運起耳力，找尋長廊中隱藏監視器的位置，可是它們雖然全都運作正常，我卻感受不到一絲被人看著的感覺。

「難道正值交替班次？不，撒旦教怎會犯這種低級錯誤。」我心中暗猜，百思不得其解，但也知這是解放其他人和逃離的好機會。

現在雖然無人監視，但仍不能鬆懈，所以我還是吩咐煙兒在通風道上指引去路。

一路上，我完全沒遇到其他士兵，我同時一直留意著監視器，卻沒感受到任受目光注視。

走了一會兒，前方一旁出現一個胡同。

「站住，前面就是了！」煙兒突然把我喊停。

我稍稍站近那胡同，貼在牆上，聽到胡同內有四道呼吸，兩遠兩近。

我打了個手勢，讓煙兒先從通風道爬去胡同上觀察一下。

煙兒放輕手腳，不發一聲的進了去，片刻過後，便即回來向我描述。

原來妲己的牢房設計上跟其他鐵牢不同，是另外獨立而建，門外有一條小廊，小廊盡頭又有一門，兩道門前各有兩名守衛，看來撒旦教對她特別謹慎。

而通風道也只伸延到鐵牢的門外，所以煙兒進去通知妲己。

從呼吸的輕重聽來，四名守衛也只是普通人，要對付的話絕對不難。

煙兒又說，這鐵牢的兩道閘門，除了「銀睛」外還需要密碼來打開。

雖然現在子誠不在身邊，不能利用「追憶之瞳」查看密碼，但我還是可以利用「鏡花之瞳」，威逼利誘那些守衛。

「或者我應該裝作他們的同伴，故作危急的說妲己從裡面逃走了，讓他們開門給我……不，他們也有對講機，要是妲己真的逃了，亦不會由我來傳話。嗯，唯有用強吧，先擊斃一個，再把另一個擒住，好好拷問。」我心中細細盤算。

想好辦法後，我便暗暗催動魔氣，好使自己行動加倍迅速。

可是，正當我準備轉身衝進胡同時，耳邊一直了無聲色的對講機，忽然傳來一道急切的聲音。

「小諾，別進去！」

對講機的另一邊，是子誠！

第三十一章——未亡之人

第三十一章　末亡之人

子誠？

我心中大是奇怪，止住腳步，但沒立時回應，因爲受過先前的教訓，我不敢斷定這是否變聲術的把戲。

說話者叫我別動，那麼他應該能觀察到我的舉動，可是現在我左右無人，也感受不到任何目光從監視器中傳來，實在不知他人在哪兒。

「小諾，你聽到嗎？」另一邊見我久不回應，便出聲再問。

我壓低聲線，問道：「子誠？」

「是我，小諾你千萬別衝過去。」那人聲音焦急的道。

雖然乍聽之下，他的聲音跟子誠無異，但我想了想，還是決定測試一下。

「先回答我一個問題。」我問道：「我跟你交易時，你要當我的同伴多久？」

「十年。」他想也沒想就回答。

我聽他回答時沒有絲毫猶豫，似乎不假，但還是不放心，於是再問道：「你還記得第一句跟我說的話嗎？」

那邊沉默半晌，才沉重地說道：「『你讓我死吧』。」

我知道他忽然沉默，是因爲憶起當時妻子新喪的悲痛，心下再沒懷疑，知道他就是子誠。

我向頭頂的煙兒作個手勢，讓她待在那兒別動，便稍稍走開，以防那兩名守衛聽到我的話。

「子誠，你在哪兒？」我按著麥克風。

「我想，我在這監獄的中央控制室。」

「中央控制室？」我問道：「但怎麼我絲毫感受不到你的目光？」

「感受不到……啊！可能是因爲我戴了他們那些特殊頭盔。」子誠說道。

殺神小隊的頭盔確能讓隔絕目光，當初在撒旦教香港分舵時我也不能對他們使用魔瞳。

「控制室的守衛呢？」我皺眉問道。

「原本有，但都已經……給我殺死了。」子誠語帶內疚地說。

「你怎麼會走到那兒去？」我知道子誠還未能夠殺人如常，所以連忙轉開話題，怎料他卻說道：

「先前我也被他們弄昏以鐵鍊囚禁著，可是後來卻給救走了。」

我大是意外，追問道：「是誰把你放走？」

「他……算是我一位舊朋友吧。」子誠說罷，忽問道：「先別說這些，小諾，你想救室中那個女人？」

「不錯，那就是妲己。」我說道。

這裡是撒旦教的基地，照說只有撒旦教教衆，現在竟有人教他出來，著實奇怪。

雖然心中對那「朋友」身分存疑，但子誠素來坦誠，所以我也只容後再問。

「其實剛才我叫你別強衝進去，是因爲那兩道閘門的設計有點奇怪。」

「有甚麼奇怪？」

子誠解釋道：「我看過控制室主管的記憶，發覺那兩道閘門雖用『銀睛』和特定密碼就能打開，但如果那四名侍衛的心跳稍微有異，閘門便會自動鎖上，要待四人心跳回復正常，才會解鎖。」

「嘿，這樣子也挺麻煩。」我聽著子誠解釋，眉頭皺得越來越緊。

我突然出現，必定影響他們的情緒，更遑論用「鏡花之瞳」刺激他們，設計此門的人著實花了心思。

「那麼他們會換班嗎？」我問道。

「會，不過一換就是四個人一起換，因爲四組心律測量儀的標準都不同。」子誠說道。

「換言之，殺了他們也於事無補。」我摸著下巴，苦思對策，此時卻聽子誠忽然說道：「其實還是有方法進去。」

「嗯？你是甚麼意思？」

只聽得子誠說：「中央控制室能夠直接打開那兩道閘門，但如果守衛心跳有異，門還是會立即關下鎖上。」

「你的意思是，要我趁開門的一刹那衝進去？」子誠的話讓我眼前一亮。

「對，我不知道這段空檔能維持多久，但要進去的話，也只有這辦法。」

「可是我進去後，就不能再出來？」我說道。

「不是不能，只是要待他們四人心跳回復正常，我才能再打開門。」

「這樣太費時了，到時定必驚動他人，我要在進去時順手除掉守衛。」我想了想，問道：「你能看到這牢獄的通風管路線嗎？」

「通風管嗎？讓我看看……嗯……有！你想幹甚麼？」

我沒有回答，繼續問道：「那麼我現在頭底的通風管，和妲己牢室上的有交匯之處嗎？」

子誠看了一會兒後，說了那交匯點的大概位置。

「嗯，夠了。」我心裡盤算一下，又道：「我救了妲己後，會和她從通風管逃出來，煙兒先到那交匯點，你和你的朋友去放她出來，我們再在那兒會合。」

子誠想了想，問道：「但你和妲己怎從進去通風管道？那管道的大小只能容納小孩的身形。」

「不用擔心，我自有辦法。」我說道。

子誠聽得我這般說，也不再多言。

我想起拉哈伯下落未明，於是便問子誠道：「對了，你有看到拉哈伯在哪兒嗎？」

「這裡的囚牢都沒有他蹤影。」子誠說道。

「嗯，他現在可能不是貓的外形了。」我將拉哈伯的原狀簡單描述一下。

「獅身人面獸嗎……」說著，子誠忽然沉默下來。

「怎麼了？」我察覺到他語氣有異。

「我找到他了，不過他的情況……」

「嗯，我明白，你先記下他的位置吧。」我打斷子誠的話，因爲我知道拉哈伯的情況一定很糟，而現在我只能爭取時間，盡快趕去救他。

接著，我小聲跟煙兒交待計劃和行走路線，煙兒雖想跟我一起進去，也只好答應。

「大哥哥，你一定要救媽媽出來。」煙兒小聲說罷，便卽在黑暗中消失。

看著她離開後，我便再次走回胡同前預備。

「小諾，待會兒我數五聲，然後就按下開關，那時你立卽衝進去吧。」子誠在耳機的另一頭說道，我輕輕敲一下麥克風以示回應。

不久，子誠便開始倒數。

「五……」

子誠的聲音在我耳邊響起，我潛運魔氣，調節身體節奏至最佳狀態。

「四……」

我把四枚銀釘，緊扣在五指間。

「三……」

我蹲在地上，力量集中在腳。

「二……」

我吸了口氣。

「一！」

我立時閃身搶進胡同中！

只見眼前胡同盡頭，有一道鐵門正在急速上升，門前兩名黑衣武裝守衛驚覺背後有異，剛想轉身，卻已被我揮出的銀釘擊中，穿喉而死！

我乘著起跑的勁力，俯身滑進鐵門，可是才滑到另一節走廊時，心跳測量儀已有反應，鐵門還未完全打開，便已下降！

第二道閘門的兩名守衛，見我突然闖入，連忙以手中長槍瞄著我。

我見鐵門已降下大半，若然往旁閃避，定必不能借勢衝進牢室，到時困在這中間走廊，更是進退兩難。

我心念飛轉，手中剩下的兩枚銀釘脫手激射，但目標不是兩名守衛，卻是他們手中長槍的槍口！

雖然我傷後手力大減，但準頭還在，兩枚銀針不偏不倚的插進槍管，只聽兩聲「喀嚓」，槍已被我破壞。

兩名守衛扣下機板，長槍卻沒有反應，不禁一呆。

這時，我剛好滑到兩名守衛之間，眼看鐵門還有數吋才完全關上，於是雙手分別抓住他倆各一條腿，將他們也拉進牢室！

我才剛滑進牢室，身後便即發出兩聲慘叫，接著兩道清脆的骨肉斷裂聲響起，卻是那道厚實的鐵門完全落下時，把守衛們攔胸截斷爲二！

我站起來，脫掉滿是鮮血的頭盔，看著地上兩具剩下手和半身的殘屍，不禁暗暗呼險。

若果剛才被他們稍微緩下，那麼被截斷的便會是我。

我稍爲定神後，便對著麥克風說：「子誠，我已經進了牢室，你趕快放煙兒出來吧。」子誠應了一聲，便把對話中斷。

我轉身打量四周，發覺這牢室跟我先前所在的差不多。眼前有一紅衣長髮女子，臥倒地上，滿身銀釘，正是妲己。

「前輩！我來救你出去。」我走到她身旁把她輕輕扶起，這時才發現她身上的不是紅衣，而是被血染紅的白袍。

雖然之前孫悟空曾用「色相之瞳」變成妲己的模樣，但眼前女子滿身銀釘，必不會是由「色相之瞳」所變。

妲己看到是我，無神的雙眼不禁泛起一絲神采，臉上強擠出一點笑容，卻因喉中有釘，說不出話來。

妲己雖因失血太多而臉色蒼白，但浴血中的她動人依然，楚楚之姿更讓人心生憐惜，比我初遇她時更爲迷人。

我看著她臉容時，心跳不禁劇增，臉紅耳赤，爲防失禮，我連忙別過頭，道：「前輩，我們得盡快離開這兒，讓我先拔走你身上的釘子吧。」待她點過頭後，我便卽動手。

我手下不停，迅速地把釘拔掉，好讓她的痛苦減至最少，可是她還是痛得秀眉大蹙，汗珠流過不停。

我眼角瞥見她雪齒咬得朱唇流血的模樣，大爲熱血沸騰，同時心想她雖沒打開「銷魂之瞳」，但單憑本身氣息已足以迷惑人心，可見其修爲已爐火純青。

好不容易，我按下心中翻騰的慾火，終於拔掉所有釘子。

最後的枷鎖除掉後，妲己立卽運氣療傷，甫癒合喉頭傷口，便焦急地問：「公子，煙兒呢？」

「別擔心，她一直跟我在一起，安然無恙。」我柔聲道，大概說一下煙兒情況。

「有勞公子照顧，此恩賤妾永誌不忘。」妲己感激說罷，便盈盈拜下。

「前輩別客氣，煙兒是我的朋友，還是個好幫手，沒有她我也不能前來救你。」我扶起她，說道：「現在我們得先行離去，煙兒在外面等待，閒話就容後再說吧。」

妲己點點頭，問道：「公子有何良策？」

「從通風管道離開。」我說著，拾起四根銀釘，打下天花上的鐵蓋。

妲己朝通道稍稍打量，說：「公子難道不覺得這管道太小了嗎？」

我笑道：「前輩纖瘦，本來只能剛剛容身管內，但加上『玉脂功』，便能順利爬行。」

「公子倒了解賤妾的殘軀。」妲己抿嘴一笑，隨卽蹙眉說道：「但公子體格健壯，怕是連進去也難呢。」

「對啊，」我笑了笑，舉起雙手，「但如果沒了這兩條手臂，還能將就一下。」

妲己凝視著我，隨卽一笑，顯然已明白我的意思。

雖然我長得壯健，但如果把兩條手臂除掉，身子該能勉強塞進通風管道中。

妲己玉手輕輕抓著我一雙手腕，問道：「公子眞要這樣幹？」

我點點頭，道：「除此之外，別無他法。」

「那麼公子請忍耐一下。」妲己笑笑說罷，忽然無聲無息的雙手一分！

我還未反應過來，兩條手臂已被扯斷，片刻過後，那炙熱的痛楚才在肩膀斷臂處傳來。

「事不宜遲，我們就離開吧！」我忍著笑道。

妲己把我抬進通風管中後，她便脫掉衣服，運起「玉脂功」，邊推著我邊前進。

「前輩，其實薩麥爾爲甚麼會把你捉走？」我一邊擺動身體，一邊問道。

通風管比我想像中狹小，本來我進去後也難以前行，但因斷臂處血流不停，反而有利滑行。

「那傢伙……因爲他想利用賤妾，以大量收集人類的慾念。」妲己提及薩麥爾時，語氣中頗有恨意。

「收集人類的慾念？」我聞言不解。

「就是利用賤妾的媚術和『銷魂之瞳』，來誘發普通人的性慾，從而讓他們集體交配，吸取當中慾念。」

聽到妲己的解釋，我猛地醒悟在佛羅倫斯萬人歡愉的情景，道：「對了！孫悟空也曾利用『靈簫』，吹奏妖惑的曲子，誘導撒旦教眾交溝。原來，他正在吸收慾念。」

「不錯，這就是薩麥爾想賤妾做的事情。只是賤妾寧死不從，他才將賤妾關進大牢裡。」妲己嬌嗔道。

「那麼你可知道他為何要挖取其他魔鬼的魔瞳？」我將先前在研究室的情形跟妲己說過。

她聽後思索片刻，也想不出個究竟。

又再爬行一會兒，前方忽現一點明亮，卻是一塊鐵蓋給人拿掉，反射出底下通道的燈光。

我和妲己跳回走廊上，發覺四周無人，正自奇怪時，背後忽然傳來一陣聲響。

我們立時回頭，只見一間牢室的大門突然打開，內裡站有三人，正是子誠他們。

「媽媽！」煙兒一見到妲己，立時激動地撲著她的懷中。

妲己抱著煙兒，輕掃她的頭，柔聲說：「乖煙兒，別哭，媽媽沒事。」

這時，子誠朝我們招了招手，道：「別待在走廊，先進來再說吧。」於是我們便進入了那空置牢房，把門關上。

這時，我注意到有名身穿武裝，戴著頭盔的人一直站在子誠身旁，看來就是救他的人，於是便上前問道：「子誠，這位是？」

子誠看了那人一眼，道：「她是我一位日本朋友的妻子，林源純。」

那人聽見子誠介紹自己，便脫掉頭盔，露出原來的面目，卻是一名樣子清秀的女子。

那人朝我微微躬身，用日文靦腆的說道：「你好，我是林源純。」

林源純樣子清雅柔弱，卻留著一頭清爽的短髮。

她和子誠一樣穿上「殺神」小隊的黑色武裝，跟她弱不禁風的樣子大不相襯。

我躬身回禮後，用日文問道：「你就是救走子誠的人吧？」

「是的。」林源純紅著臉的點點頭。

我嗅到她身上有點淡淡的邪氣，於是向她問道：「你是魔鬼嗎？」

「不……我怎麼會是魔鬼？」林源純奇怪的看著我，說：「你的問題，也挺奇怪。」

「嗯，是我不好。」我聽到她回答時心跳如常，知她沒有說謊，看來只是跟其他身有邪氣的人相處日久而沾上，於是轉過話題：「對了，你怎麼會來到這種地方？」

「我……我是來報仇的！」本來林源純她一直表現害羞，說話小聲，怎料她聽到我的問題時，原本羞澀的眼神忽然變得傷感和憤怒，語氣充滿恨意。

我有點詫意的看著她，但她說完那句話後，卻只咬牙啜泣，不再說話。

「讓我來說吧。」子誠拍拍她的肩膀，看著我正容道：「其實純的丈夫，林源雄彥，本是東京刑警，數星期前卻被人謀殺。」

「她的丈夫在哪兒被殺？」我忽然想起甚麼。

子誠看了一眼正在拭淚的林源純，嘆了口氣，道：「被殺的地方是警局的洗手間內，可是後來兇手把他帶到一所公寓後，不知怎地也被人殺死，而純的丈夫則有一隻眼睛不見了。」

我聽到這裡，心下不禁暗嘆命運之巧，因爲林源純的丈夫，顯然就是前「追憶之瞳」的擁有者，當初我和拉哈伯遇到的警察！

第三十二章——

再見天日

第三十二章　再見天日

「怎麼了？」子誠見我久久不語，奇怪的問道。

「沒甚麼。」我搖頭說。

雖然我不是殺死林源雄彥的兇手，但他和眞兇的屍體都被我擅自帶走，即使我直說事實，林源純未必便會相信我和她丈夫的死無關，所以我只好瞞而不說。

我問林源純道：「你是怎樣尋到這兒來的？」

「在檢驗屍體時，我們發現殺我丈夫的兇手左肋上繡有一赤紅刺青。那刺青有一圓形，圓中有一個倒五芒星，五芒星內又有一小圓緊貼著星。」林源純聲音沙啞，語氣中卻不掩絲絲恨意，「我們起初猜想這是某邪教的教徽，可是警局的資料庫中卻完全沒有這標誌的紀錄。我本來對此苦無頭緒，後來在機緣巧合下認識了一個神秘組織的成員，他看過那刺青的照片後，便告訴我原來是撒旦教的教徽。」

聽到這裡，我忍不住打斷她的話，問道：「那組織的名字是？」

林源純猶疑片刻，看到子誠點頭，才輕聲跟我說：「殲魔協會。」

「果然如此！」我心中暗道。

撒旦教源遠流長，勢力早遍佈不同階層，世界上任何一個國家的重要機關，或多或少都知道它的存在。

日本當然也不會例外，但警局內絲毫沒有那教徽的資料，原因只有一個，就是撒旦教早已滲透日本政府或警方高層核心，利用權力抹殺所有存在痕跡。

至於林源純遇到的殲魔協會成員，想來亦非巧合。

殲魔協會一直以殺魔爲己任，但現實生活中身染邪氣的正常人爲數不少。

我推想殲魔協會爲免錯殺無辜，同時亦防止他們被撒旦教拉攏，他們會派人監視這些潛在人物。丈夫既爲魔鬼，身有邪氣的林源純想當然也是被觀察的對象之一，所以他們接觸林源純絕非偶然。

只是我不知道殲魔協會指點她，是出於好心，還是另有所謀而已。

「可是這基地機關重重，你是如何獨自闖進來？」我問道。

「其實除我以外，殲魔協會還派了三名殲魔士陪同。」林源純說道：「我們來到青木原樹海時，不知爲何不單出入通道沒有守衛，讓我們長驅直入，整個地下基地更是屍橫遍野。我們那時還以爲上天眷顧，怎料才剛換上這些黑色武裝，我們便……我們便……」說到這，林源純忽然臉現懼色，

身子不住顫抖。

林源純似乎當時受了不少驚嚇，以致現在回想也害怕得渾身發抖，我見狀不禁一奇，隨即拍拍她的肩膀，柔聲問道：「你們怎麼了？」

如此安撫，林源純才稍稍鎮定，一臉緊張的道：「我們那時想僞裝成撒旦教衆，好方便查探這地方。可是才走不了多久，我們便遇到一頭巨型怪物！」

林源純邊說邊看著我時，眼神再次流露無比的恐懼。

「怪物？」我心中狐疑之際，忽聯想到拉哈伯，便即問道：「是不是一頭有著人貌的黑色巨獸？」

「不錯！」林源純瞪大眼睛，語氣中懼意更盛。

「接著呢？」聽到拉哈伯的消息，我不禁關心起來。

「那怪獸猙獰兇殘，一出現便伸出巨爪將兩名殲魔士撕成碎片！」林源純閉上雙眼，回憶起當時情況，一張臉變得煞白：「牠實在太恐怖了……我們看著二人在面前血肉橫飛，卻絲毫沒有逃走的念頭，因爲我們知道無論如何也難以逃掉。那怪獸目光銳利異常，只瞪了我們一眼，我們只覺渾身冰冷，彷彿已被無形的劍刺死！」

「可是你最後卻存活下來。」我說道，看著她眼角滲出淚水。

林源純的丈夫雖是魔鬼，但龐形猛獸對她來說乃是一種超越常理之物，何況拉哈伯變回原狀的樣子嚇人非常，難怪她會如此懼怕。

「對……我最後也活了下來。」林源純睜開濕透的雙眼，無奈苦笑道：「那怪獸將最後一名殲魔士按倒在地後，便用尾巴把我緊緊捲起，越縮越緊，幾乎要壓碎我的身體。我眼前昏黑，快要呼吸不到時，那怪獸卻忽然鬆開尾巴，把我放回地上。」

我聽著她的描述，想了一會兒，問道：「當時你有沒有戴上頭盔？」

「我本來有戴頭盔，但被那頭怪獸捲著掙扎時，不慎弄掉。」

聽到她的答案，我心下立時了然。

拉哈伯的「窺心之瞳」能知悉人們當刻思想，我猜林源純在瀕死之際想起丈夫，又或許在一瞬間憶起生平，因而當中有子誠的出現，讓拉哈伯瞥見，而他又知我們定然會被撒旦教抓起來，於是便留下林源純的性命，好讓她的出現讓我們有一絲逃走的機會。

只聽得林源純繼續描述當時情況：「那怪獸雖然放我一命，但卻沒放過那殲魔士。牠朝殲魔士說了一句話後，便一口噬掉他的頭，然後像風一般急速離去。」

「那怪獸說了甚麼？」我奇道。

林源純搖頭說道：「牠說的不是日文，我聽不懂。」

「不要緊。你之後怎樣了？」我說道，暗暗猜測拉哈伯會說的話。

「那怪獸走了以後，我在原地呆了很久，直到一陣急速的腳步聲從遠方響起，我方才醒起自己正身處敵陣，連忙戴回盔。不久過後，一群跟我身穿同樣制服的撒旦教眾便來到了。」林源純苦笑道：「想來也是託那怪獸的福，那時場面混亂，衆人只見我沒有受傷，便讓我跟幾個逃過大難的撒旦教衆回到中央監視室。說起來，我也該感謝那怪獸，因爲我從監視器中目睹牠將追捕者一個又一個的屠殺，也算是間接替我報仇，哈哈！」

林源純強笑說道，可是臉上笑容沒有絲毫快慰之意，我知她自覺害死三名殲魔士，因此心情不快。

「他們一直沒讓你脫掉頭盔嗎？」我奇道。

林源純搖搖頭，道：「沒有，因爲所有人的目光也專注在屏幕上，我也是乘他們分神，留意到其中一個監視器正監視著子誠。」

「嗯，那麼那頭怪獸後來怎樣了？」

「怪獸一直逃到出口附近時，突然有一道白影閃出擋住其去路。那白影圍繞怪獸轉了好一陣子後，牠便莫名奇妙的倒地。怪獸倒下後，項背上忽有一白袍男子憑空出現，而那怪獸再也不動，似已昏迷過去。」林源純頓了頓，道：「之後有三名服飾奇怪的教徒趕到，上前想用鐵鍊綁起怪獸，怎料原來牠一直裝昏，乘白衣人跳回地上時，用尾巴猛力將他擊開！只是之後那三名教徒合力，還是制服了身受重傷的怪獸，再將牠關進一大牢房中。」

雖然我不知擊昏拉哈伯的三人是誰，但那白衣男子顯然是薩麥爾。

我被弄昏後，他和拉哈伯一定曾激戰連場。

雖然變回巨獸狀態後的拉哈伯戰鬥力提升不止一個層次，但相比薩麥爾還是稍遜一籌，何況鐵面人又侍候在側，我猜拉哈伯自知不敵，便伺機逃走，可惜最終還是被擒。

我推想半晌後，便問林源純道：「你後來是怎樣救出子誠？」

「那怪獸雖被制伏，但牠逃走時殺了不少撒旦教的守衛，除了研究人員，這基地還有戰鬥力的不足五十人。」林源純說道：「生還的人被分成兩批，一半在監獄巡視，另一半則保護他們的教主。」

我微感驚訝，追問道：「他們的教主受了傷？」

「這一層我不知道，他們的對話沒說得清楚。」林源純搖頭說罷，便繼續道：「我被派到巡視監獄的一組，本來他們是以二人作一單位，但現在人手短缺，而且中央控制室最少要有二人駐守，所以只能單人巡邏。本來我被編入巡邏隊伍，但一來我不熟悉監獄的路，胡亂走容易讓人識破；二來我獨處險境，心裡其實慌張得很，看到子誠在這兒，我除了驚訝，更是喜悅萬分，因此便立心先救他出來。」說到這，林源純轉過頭看著子誠，道：「後來我裝作腳踝受傷，行動不便，他們便讓我留在監視室。我一直等待，直到其中一個牢室的監視器壞了時，我乘另一名監視員緊張萬分、聚精匯神的看著螢幕時，從後射死他，然後放走子誠。之後的情況，你都知道了。」

我聽著，心下不禁暗讚她的耐心和決斷力。

林源純外表柔弱，但內裡堅強不亞男子，只憑為夫報仇的心，竟不畏艱險直闖進撒旦教的基地。雖然她沒詳述過程，但要進來而又久久不被發現，更能救出被困的子誠，對一個普通人來說實是膽識智謀缺一不可。稍有差池，便會失去性命。

我轉過頭，用中文向子誠問道：「她知道你是魔鬼嗎？」

「不，我是趁她不注意時才偷偷運用『追憶之瞳』。」子誠說道：「其實我當初也不知那獅身人面獸就是拉哈伯。你告訴我以後，我也不敢對她說。」

「她對拉哈伯的模樣懼怕得很，還是別告訴她。」我想起子誠先前提及拉哈伯時吞吞吐吐，便即問道：「對了，他現在怎麼樣？」

「很糟糕。」子誠臉露不忍，道：「他不單給撒旦教釘滿釘子外，四肢還給切斷，以鐵鍊吊在半空。」

「嘿，那傢伙這樣子還死不了嗎？」我冷笑道，心下卻不禁一揪，「你知道薩麥爾和撒旦教主現在怎樣嗎？」

「我觀看過那被純殺死的教徒記憶，鐵面人似乎真的受傷了，可是薩麥爾的情況卻不清楚。」子誠說道：「現在基地十分混亂，在這牢房看守的人數不多，若要逃走，實是大好機會。」

我點點頭，又問道：「臭貓的牢房在哪兒？」雖然心裡有點兒惱他，但現在還是救他要緊。

「離這不遠。不過，」說著，子誠忽然皺起眉頭，道：「有一個人正看守著他。」

看到子誠的表情，我便即問道：「甚麼人？」

「那是一名滿臉鬍子的黑衣男子，手握一柄奇形怪狀的中國長槍，坐在拉哈伯下，一動也不動。」子誠說道。

「雖然我不知他是誰，不過，」我轉過頭，看著正親熱地說話的妲己母女倆，「無論是誰，也應該不礙事。」

沒人看守的牢獄份外冷清，我們跟隨子誠而行，一路上除了某些被困之人呼天搶地外，也沒碰見任何守衛。

走了不久，眼前出現一間大牢房，子誠連忙作手勢讓我們停下來。

「前面就是拉哈伯的囚牢，我不敢走太近，以免給那人發現。」子誠小聲說道。

「要是走到這兒才發現我們的話，那守衛也不會是甚麼高手。」我笑了笑，跟他說道：「你和煙兒、林源太太在這兒替我們把風吧。」

子誠點點頭，便帶著二女，走到較陰暗一角，靜靜把守。

「公子要賤妾出手？」妲己聽到我留下她後，便即笑問。

忙。

「若然敵人我一人能對付，當然不敢勞煩前輩。」我說道，言下之意，即是必要時也需要她幫忙。

雖然我不知黑衣男子是誰，但再強的魔鬼也不會比七君厲害，現在我有妲己之助，想來要救走拉哈伯並非難事。

「賤妾退隱已久，那些花拳繡腿早忘得七七八八。」妲己幽幽地嘆了一聲，道：「若是公子也對付不了的人物，賤妾又有甚麼本事能協助公子呢？」

「前輩也太謙虛了吧？你好歹也曾是候選七君，比你強的魔鬼，屈指可數。」我笑道。

卻見妲己輕輕搖頭，苦笑道：「昔日往事，不提也罷！要是賤妾還有當年功力，又怎會讓薩麥爾那廝輕易擄去呢？」

雖然我不知妲己的話是眞是假，但她神情哀怨，我也不好意思再說下去，只望這是她自謙之詞。

稍作準備後，我們便輕手輕腳的走近牢房。

妲己也不枉數千年的修爲，屏息靜氣起來，連我站在她身旁，也幾乎聽不到她的心跳聲。

我來到門前撫著冰冷的鍵盤，默想一遍子誠「看到」的密碼後，手指飛快按下！

只聽得「嘟」一聲的確認指令響起，面前鐵門同時急速上升！

我和妲己沒等它全開，已矮身閃進房間，只見內裡是一座大牢房，半空中有一龐然巨物被粗大的鐵索吊起，沒有四肢，混身銀釘，血流不停，正是拉哈伯！

但見拉哈伯底下果然坐了一名黑鬚黑衣漢子，寬闊的肩膀上橫擱著一枝怪模怪樣的長槍，如山般坐著不動。

那漢子看起來比子誠形容的更爲粗豪，眼下更有兩道指粗的硃砂，筆直地向下劃過臉頰，乍看之下猶如血淚痕，好不怪異。

妲己一進牢室，甫見大漢，忽嬌叱一聲，便卽五指成箕，如飛燕般縱身朝他攻去！

妲己雖然飛勢淩厲，可是那大漢依舊紋風不動，一雙銅鈴般的大眼只瞪著妲己不放。

由於妲己起手速度甚快，所以初時我還以爲那大漢是名庸手，來不及作出反應，但當妲己快要抓到他頭顱時，一股淳厚的魔氣忽從大漢體內爆發，同一時間，眼下兩道硃砂淚痕忽然左右張開，露出一雙魔瞳！

那大漢用其中一隻魔瞳瞪了我一眼後，渾身忽地變黑，然後詭異的憑空消失！

妲己抓了個空，一時間收勢不及，五指直插進地板中。

我看得明白，大漢方才並非用極快的速度移動，而是眞眞正正的消失！

詫異萬分之際，我旋卽想到他下一步就是要偷襲我，可是才想要轉身，一道寒氣忽從我頸後傳來。

「九尾狐，多年不見，怎麼一來就狠下殺手？」

一道蒼涼的聲音在我背後冷笑。

大漢不知何時，已來到我背後，手中長槍架在我的頸上，教我不敢隨便動彈。

「賤妾只是一時貪玩，想試試霸王是否雄風依然，」妲己運勁一震，將地板震成碎塊後，站直身子，一剪秋水妖媚的看著大漢，語氣軟綿的嗔道：「項霸王你可別生賤妾的氣啊！」

說話時間，妲己已然打開「銷魂之瞳」，一股媚氣席捲而來！

妖媚如無形的潮水般撲去，大漢連忙運功抵抗，一邊沉聲冷笑道：「嘿，項某豈敢生氣？當年楚漢相爭之時，呂后給過項羽的教訓，項某沒齒不忘！」

「西楚霸王，」我渾不理會頸上利器，笑道：「既然你和妲己是舊相識，那就好說話了。」

聽得妲己稱大漢爲項羽，我初時也微感驚訝，但想起史書記載他天生「重瞳」，心下便即了然，反是妲己曾是劉邦之妻呂雉一事，教我意外。

「哈哈，好一句舊相識！」項羽在我背後哈哈大笑，問道：「你就是畢永諾吧？」

「霸王知道我是誰？」我奇道。我留意到背後的項羽心跳越來越快，氣息也開始有點粗重，顯然被「銷魂之瞳」撩起性慾，奇怪的是我一直氣定神閒，沒被影響，似乎妲己運用魔瞳的功力，已達能因人而施的高超境界。

「不錯，有人曾跟項某提及過你的事。」只聽得項羽說道：「你們來此，是想救走拉哈伯吧？可惜項某被委任看守他，不能失職。」說罷，項羽忽然拿走長槍，把我放開。

我轉過身子，不解的看著他。

只見項羽將長槍擱在肩上，四眼分別瞪著我跟妲己，傲然道：「教項羽在此，要救走拉哈伯，卻是妄想。你們還是早早死心離開吧！」

我正要接話，妲己已嬌氣十足的道：「霸王眞愛說笑，從楚漢相爭，到競逐七君之位，霸王你總是讓賤妾三分，難道這次會忍心不讓嗎？」

項羽冷哼一聲，道：「九尾狐，不用故意說反話，以前項某的確技不如你，但現在你倆皆元氣大傷，要救人是萬萬不能！」

妲己聽到項羽的話，忍不住嘆了一聲，幽怨的道：「難道霸王還對數千年前那些小事，耿耿於……」話還未完，妲己已如箭離弦，向項羽急攻過去！

項羽不慌不忙，右下魔瞳朝妲己瞪了一眼後，忽然閉上，妲己快跑到他面前時，又再張開，然後身子微微向旁一挪，竟就此恰恰避開她的攻擊！

照說以妲己之能，就算項羽全力閃避，她也能中途變招追擊，但現在項羽只是稍爲移開，已能躲過；而且妲己此招少說也有數道後著，但她一擊不中，卻不再攻擊，反是站在原地，嬌嗔道：「霸王把人家弄得看不見事物，難道想乘機對賤妾……嘻嘻，霸王好壞啊！」

說話間，妲己將「銷魂之瞳」力量再增，媚氣更盛。

項羽站在妲己身旁，冷冷的道：「九尾狐，別再胡說八……」項羽一語未休，妲己忽又出手！

妲己剛才似乎是故意引他說話，以辨認其位置，只見她素手如電，朝項羽咽喉攻去。

項羽這次沒有閃退，只是輕輕撥過長槍，槍鋒不聲不響地對準妲己的攻勢，想讓她自行把手割破。

由於一切發生在彈指之間，我想要出言提醒已是不及，但此時妲己似乎又恢復視力，玉手沒有直接對上鋒刃，反是一下子變得軟弱無骨，繞過長槍，目標還是項羽喉嚨！

項羽冷哼一聲，魔氣一熾，忽又渾身皆黑，然後在妲己面前瞬間消失。

當妲己察覺他已離開原位時，項羽已凜然威風的站在她身後，手執長槍，直指妲己背心要害！

這一次，我終於看得清楚項羽的轉移技倆：只見方才項羽變黑後，身體竟被自己的影子「吸去」，而同時間又在妲己的影子中「升起來」！

「嘻，霸王似乎功力更勝從前，不但賤妾的『銷魂之瞳』對霸王影響大減，霸王運用『弄影』、『奪目』雙瞳的技術，更是爐火純青呢！」妲己絲毫不懼背上長槍，輕飄飄的轉過身子，朝項羽嬌笑道。

「既然知道，就無謂白費心機。」項羽收回長槍，四目瞪著妲己，沉聲說道：「項某只是要守著拉哈伯，沒接到其他命令，你們走吧！」

「不，」一直默不作聲的我，堅定的說道：「我要把他帶走。」

說罷，我轉身便朝拉哈伯急奔而去！

「沒用的。」項羽站在遠處冷冷說道，沒有動作，只閉上眼睛。

我不以爲然，繼續跑向拉哈伯，怎料多走數步，我眼前忽然一黑。

這種黑暗並非因四周沒了燈光而造成，而是整個視覺不知何故忽被奪去！

從剛才妲己的話中，我已隱約猜到項羽魔瞳的能力；「弄影之瞳」就是項羽從自身影子一下子出現在別人影子上的轉移術，而「奪目之瞳」則是能奪走別人的視力片刻。

雖不知兩隻魔瞳怎樣發動，但之前項羽一下子來到我身後，以及稍微移動就避過妲己凌厲的攻擊，就是證明。

突然不能視物，但我沒有驚訝，因爲我早記下拉哈伯的位置，即使失去視力，我還是在預先算準的位置一躍而起，打算跳到拉哈伯身上。

可是，當我再踏上實物時，腳底下傳來的，卻不是毛茸茸的肉感，而時堅實的感覺。

「早說了，那是白費心機。」項羽冷然的聲音在我面前響起。

這時，我的視力忽然恢復，首先映入眼簾的，是項羽那帶有嘲諷之意的笑臉，再看四周，發現我竟站在妲己身旁，拉哈伯還是距我甚遠！

項羽笑道：「項某的『弄影之瞳』除了移動自身，更能挪動別人啊！」

項羽的魔瞳極適合戰鬥，本來以我和妲己的能力，要突破他的牽制而救拉哈伯不難，但現在我和她受傷初癒，皆不能百分百的發揮力量，再作強攻，也是徒然。

聽到項羽的冷嘲，我倒沒生氣，反是看著他，沉靜的問道：「項羽，你是殲魔協會的臥底吧？」

我此話一出，一道銀光忽閃眼前！

我早已猜到項羽被點破身分後會突然發難，因此一見他有所動作，連忙矮身，恰好避過長槍。

妲己反應不慢，見項羽出手，同時抓著我的後領往後急躍開。

「哎呀，霸王可是長輩呢，怎麼能對小輩下如此殺手？」妲己將我放回地上，淺笑道，「賤妾和公子雖然不能從霸王手中搶回拉哈伯，但霸王要取我倆的命，也是有點難度。」

項羽沒有理會妲己，對我打量片刻後，忽仰天大笑。

某的身分？」

「嘿，果然是撒旦轉世！」項羽一擊不中，也不再攻，只朝我豪笑道：「小子，你是怎猜到項

「我這次潛入基地，其實還有幾名殲魔協會的核心成員陪同。他們除了想取回『約櫃』，另一目的就是要尋找失去音訊的臥底。」聽得項羽爽快承認，我便知道自己推測不錯，於是解釋道：「殲魔協會的三目神楊戩曾說過那名臥底是他義弟，宮本武藏的義兄，而會長塞伯拉斯，更稱呼那名臥底作『羽兒』。

本來我對這臥底的身分一無頭緒，但在中央控制室中，妲己告訴我你是項羽後，我立即便聯想到你就是那名臥底。一來，你成名的年代在楊戩和宮本武藏之間；二來，霸王又是單名羽字，剛好吻合那臥底的名字；三來，三頭犬的四名義子皆是殲魔協會的『目神』：嘯天犬單眼，宮本武藏雙瞳，楊戩三目，那麼餘下的『目神』必有四睛。」

我故意說在中央控制室已猜到他身分，目的是讓他誤會在牢室外的子誠他們也得知其臥底身分，因此殺了我也沒用。

「傳說你跟舜一樣有『重瞳』，且你雙眼下劃有兩道硃砂淚痕，不難猜就是一對魔瞳，因此我更能肯定推測不錯。」我朝項羽笑道：「而能和楊戩及宮本武藏結爲義兄弟，又能擔當潛入撒旦教這艱鉅任務者，其身手和智慧定必一流。如此種種，也只有霸王才能符合。」

項羽一邊聽著我的解釋一邊點頭，臉上神情卻鎮靜如常，沒有絲毫驚訝。

聽罷，他只淡然一笑，道：「你猜得沒錯，項某就是殲魔協會的『四目神』！」

「既然如此，那我們就是盟友了。三頭犬他們對項霸王掛心得很，我們何不就此一同離開？」我說道，故意隱瞞塞伯拉斯已投撒旦教的事。

「不，項某不會離開，」項羽想也沒想，一口拒絕，「你們也不能帶走拉哈伯。」

我滿以爲說身分後，項羽會一口答應，怎料他卻毫無猶豫的拒絕。

我先是一呆，接著問道：「爲甚麼？」

「因爲項某的任務還未完成。」項羽慢慢走回拉哈伯底下，盤膝而坐，看著我道：「在此之前，項某還是要待在這兒。」

項羽的眼神堅定不移，我知道無論怎樣也勸他不過，一時間倒說不出話來。

「項霸王，眞沒人情味。」妲己走到項羽身旁，雙手環抱，身子軟若無骨的掛在他肩上，泛紅的軟唇貼著他的耳朵，氣若柔絲地撒嬌道：「不如咱們來作個交易吧，霸王放走拉哈伯，賤妾就依你一件事，嘻！」

「走開！」項羽厲聲喝道，「弄影之瞳」朝妲己一瞪，妲己下一瞬間已轉移我背後。

「哼，不願的話，說出來就行，一聲不響把人家弄走，霸王眞是討厭！」妲己嬌嗔，別個頭不再理睬項羽。

「別再多費唇舌。你們現在帶走拉哈伯，只會驚動薩麥爾。」項羽托著下巴，認眞的看著我，道：「拉哈伯拼了命才將薩麥爾和撒旦教主重創，讓你們有機可逃，你們可別白費了他的心血。」

「我會走，」我堅決的說道：「不過拉哈伯也要！」

「畢永諾，你別只顧自己，爲難項某。」項羽劍眉一揚，道：「項某受命看守拉哈伯，若然被你們帶走他，項某這個臥底也當不下去。」

「嘿，還當臥底？」我冷笑一聲，道：「你的好義父早已背棄你們，投靠撒旦教了。」

項羽聽到我的話後，沒有驚訝，反是朝我嘲笑道：「嘿，你太天眞了。」

「你這是甚麼意思？」我皺眉問道。

「項某的話只有一句，」項羽兩雙虎目瞪視著我，笑道：「事情的發展並不是如你所想般簡單。」

我疑惑的看著他。依項羽話中之意，似乎三頭犬並非單純投靠撒旦教，可是我回想他在地下密室，看到撒旦教主「獸化」時臉上的驚訝和感動，卻又似乎不假。

「放棄帶走拉哈伯的念頭吧！雖然現在薩麥爾和撒旦教主二人都受傷，但他們絕對會比拉哈伯更快復原過來。」項羽收起笑意，認真的道：「何況拉哈伯現在體型巨大，你們要強行帶走他的話，一來難以搬動，二來形跡顯著，沒走多遠，他們便會尋上。」

我知項羽沒有誇大其詞，但要我就此拋下拉哈伯不管，卻又不能。

項羽似是得悉我的心意，說道：「項某明白你的憂慮，但你繼續磨蹭的話，『七罪』來了，恐怕你和你的朋友難以全身而退。」

「『七罪』？」

「『七罪』是薩麥爾七位最厲害的手下，分別代表七宗罪。」項羽解釋道：「他們的實力雖不比你高，但纏人的本領很強，聯手更是麻煩。」

「現在基地內是不是有其中『三罪』？」我想起林源純提及過，拉哈伯擊傷薩麥爾後，有三人曾聯手把他制伏。

「不錯，其餘的正在各地趕來。」項羽說道：「項某雖未曾跟他們交手，但單憑他們能成爲薩麥爾的直屬部下這一點，已是實力證明。」

我想了片刻，問道：「以你推測，他們還有多久才會完全復原？」我知道項羽無論如何都不會放走拉哈伯，而我繼續囉唆下去，也必定會如他所言，錯失逃離機會。

「最快兩個星期。」項羽看著我道。

「就這樣，兩個星期後，我定必再來！」我抬起頭，看著滿臉污血，雙目緊閉的拉哈伯。

拉哈伯受傷極重，也不知道甚麼時候會醒過來。

眼下種種形勢皆不利於我，我能做的是先保住性命，謀定而後動。

現在我跟撒旦教主的身分總算弄清楚，雖然他能控制黑暗力量，但身上的血圖騰卻奇怪地跟我和撒旦屍體身上的有所不同，因此他是否已成爲地獄之皇，暫時還不能下定論。

我想起孔明曾指示我去檢查一下師父的屍體，因爲師父留了一些東西給我。

說不定，那是我逆轉局勢的契機。

「我會離去。」我朝項羽說道：「但我另有一事相求。」

「甚麼事？」項羽聞言，劍眉不禁一皺。

「能不能將他口中人頭拿下來給我？」我指著拉哈伯。

「口中人頭？」項羽仰起頭來，一雙眼睛看著拉哈伯，另一雙魔瞳則疑惑的瞪著我，「畢永諾，你不是在耍甚麼花樣吧？」

我沒有答話，只退後數步。

項羽見狀，知我沒有他意，便一躍到拉哈伯的頭上。

只見項羽用槍柄挑開拉哈伯的大口，一團事物從中掉下，直滾到我腳旁，果然是一顆濕漉漉的人頭。

「謝了。」我眞誠道謝，同時拾起頭顱。

那是一個男人的頭，臉上表情驚恐萬分，看來就是其中一名殲魔士。

「你們在這兒已待了好一會兒，趁他們還未發現，趕快離開吧。」項羽跳回地上，重新坐在拉哈伯底下。

「拉哈伯，就有勞霸王了。」我邊說邊用外套包起人頭。

看了拉哈伯最後一眼後，我便轉身和妲己一同離開牢室。

「媽媽，大哥哥，你們沒事吧？」我們一踏出牢室，煙兒便即從遠處跑來。

「我們沒事。」妲己摸摸煙兒的頭，柔聲笑道，這時子誠和林源純也走了過來。

子誠看到出來的只有我倆，先是一呆，旋即問道：「小諾，拉哈伯呢？」

「救不了。」我說道：「這些容後再談，我們現在要先離開這兒。」

子誠看到我臉色深沉，便沒再追問。

由於我們用中文交談，林源純聽不懂，看到我們臉色不對，便向子誠詢問。

子誠解釋說我們要離開基地，林源純雖想替亡夫報仇，但留下來也難有作爲，無奈下只好跟隨我們。

我們迅速離開監獄，取路回到基地出入口，途中雖然碰到兩名撒旦教衆，但都不吭一聲的被我與妲己殺死。

重回地面，正値夜深，四周依舊是看不盡的樹木，沒有月光的映照，氣氛委實陰森詭異。爲免留下腳印給敵人追尋，我們都施展身法，在樹海上奔馳，幸好這夜烏雲滿天，讓我們能摸黑離去。

不會武功的林源純被子誠背負而行，她看到我們一行人都跳縱若猿，一時間呆若木雞，不能說話。

一路上，我雖默默而走，內心卻像周遭樹潮，翻湧不停。

距離攻入基地只是過了兩天，但這兩天感覺卻很漫長。

要不是拉哈伯重創薩麥爾及撒旦教主，並將基地的教衆殺得一乾二淨，我們未必便能再回到地面，可是現在，我只能捨他而逃。

自四年前起，我便一直跟拉哈伯一起生活，鮮少機會跟他分開行動，可是這一離去，我也不敢百分百肯定自己定能回來救走他。

眼下唯一希望，就是孔明口中，師父留給我的遺物。

可是如果眞有此物，爲甚麼當初拉哈伯會發現不到呢？

何況他的屍體，我跟拉哈伯都親自檢查過，除了一柄貼身匕首外，別無他物。

想到此，我心下不期然感到無奈惆悵。

我們足下不停，從青木原樹海直跑到最近的城市，才開始放慢腳步。

時值夜深，街上四下無人。

雖然還有不少旅館亮燈，但爲免惹人起疑，我們只是挑了一間中型客店，然後從地面直接跳進一間沒人入住的空房。

「你們究竟是甚麼人？爲甚麼……爲甚麼，會有這種不可思議的身手？」子誠才放下林源純，她便急不及待的追問。

「不用吃驚，這些是中華武術，跟你的忍術異曲同工。」我淡然笑道。

「原來是中華武術。」林源純眉頭微皺。

或許是見識過拉哈伯那獅身人面的恐怖模樣，對於我們的超然體能，林源純比較容易接受。

我走到到鄰房相通的門前，想打開門，卻發覺門鎖了，於是微微運勁，硬把門柄扭斷。

「今晚我和子誠睡在另一間房吧。」我走進另一邊，眼前出現的是另一間一式一樣的房間。

雖然眾人中林源純只認識子誠，但始終男女有別，和煙兒妲己兩個女生一起會比較方便，因此她也沒有異議。

我才把門關上，子誠便問道：「小諾，那個看守拉哈伯的人是誰，為甚麼你們不能帶走拉哈伯？」

「他是西楚霸王項羽，也是殲魔協會的『四目神』。」我拉過一把椅子坐下。

接著我便把我和項羽的對話，約略交代。

子誠聽罷，問道：「小諾，你有信心救出拉哈伯嗎？」

「不知道，我現在唯一寄望孔明沒有騙我，而我師父的確留下一些能逆轉形勢的事物。」我苦笑道。

「那我們甚麼時候出發去埃及？」子誠問道，眼神中忽然閃過一絲憂慮。

「明天。」我說道，「我沒有太多時間可以浪費，明天一早，我們便去機場。」

子誠沉默片刻，想再說話時，我已將先前包好的人頭拿出來，放到他面前，說：「子誠，先替我看看拉哈伯說了甚麼。」

子誠拿起人頭，疑惑的問道：「這是……」

「他是陪同林源純潛入基地的殲魔士，她說拉哈伯吃掉他前，曾經說過些話。」我看了那頭顱

一眼，解釋道：「拉哈伯顯然有訊息留下給我們，因爲能閱讀死者生前記憶的，也只有你的『追憶之瞳』。」

拉哈伯從不是一個多話的人，既對一個將死之人說話，又故意把他的頭收藏在口中，那麼這訊息，必定重要。

子誠點點頭，道：「原來如此，拉哈伯的心思也眞細密。」

說罷，子誠便運動魔氣，喚醒「追憶之瞳」，鮮紅妖邪的左眼，牢牢瞪著殲魔士灰死的眼睛，抓取他生前最後一絲記憶。

片刻過後，子誠抓到了那訊息，可是他接下來的話，讓我意想不到。

「『小諾，對不起。』」

對不起。

原來就是拉哈伯設法留給我的話。

子誠吐了一口濁氣後，瞳色回復正常，看著我說：「就只這一句話了。」

「嘿，臭貓。」我冷笑一聲，心頭卻不知怎地，有點沉重。

「小諾，其實我想拉哈伯，並非眞心想背叛你。只是……」子誠頓了一頓，道：「只是有時候，明知繼續下去會沒結果，才不得不放棄。」

「嗯，我明白。」我站起來，慢慢走到陽台。

天色陰霾，跟我的心情攣像。

我轉身跟子誠說道：「好了，你趕快去休息吧，明天我們還得一早出發。」

說罷，子誠卻沒有動作，只站在原地，神色猶豫的看著我，欲言又止。

「怎麼了？」我奇道。

「小諾，我不想再殺人了。」子誠沒有正視著我，只低頭苦笑，「我……我很累，身和心都很累。」

「小諾，對不起。」子誠抬頭看著我，佈滿紅絲的雙眼微泛淚光，「我想退出。或者我已沒力氣去報仇了。」

第三十三章——

邪計留人

第三十三章　邪計留人

天，還是黯淡無光。

沒有月色的夜，格外幽靜。

偶有烏鴉飛過怪鳴，也打破不了這沉重的孤寂感。

一陣冷風吹過，無數雨點輕輕撲上我的臉龐。

我乘子誠去了洗澡，獨自倚在陽台欄杆上看著無人的街。

腦中回想他剛才的話。

他說他累了。

對亡妻的愛、對李鴻威的恨，是子誠一直以來的動力。

這十數天他一直跟隨我們東奔西走，不畏艱苦的接受死亡訓練，就是因爲仇恨在他心中不斷滋生成長。

可是院長的眞面目，以及妻子被姦的謊言，把他的心徹底擊沉。

他視作岳父的慈祥老人，竟是頭豺狼；而妻子，更非心底所想般純潔無瑕。我本想利用優子的謊話，激起子誠的仇心怒火，誰知竟弄巧反拙，使他變得心灰意冷。

「公子有心事嗎？」一道婉柔的聲線在我旁邊輕輕響起。

我還未轉身，一縷撲鼻幽香已隨聲而至，吸入胸臆時，讓人大感銷魂。回頭一看，只見妲己已換上一身乾淨衣物，站在鄰房陽台上，朝我淺笑。

「前輩還未睡嗎？」

「賤妾活了這把年紀，雖然修練不勤，但體內調息也勉強運行自然。睡眠對賤妾來說是可有可無。」妲己笑說，一邊出纖手，輕輕將被風吹亂的髮絲撩到耳後。

「前輩說得對。」我笑了笑，接著又嘆了一聲，道，「那臭貓以前也是睡得不多。」

「公子擔心拉哈伯的安危？」妲己慢慢走近。

「不錯。」我應道，卻把心中煩惱的另一半隱瞞不說。

這時，妲己忽收起一貫笑臉，神態認真的說：「恕賤妾無禮，有一句話，不曉得公子想不想聽？」

「前輩但說無妨。」

「賤妾覺得公子有點依賴拉哈伯，欠缺一點果斷。」妲己正容道：「雖然拉哈伯跟公子亦師亦

友，也是出生入死的伙伴。他失手被擒，擔憂是沒錯，但公子更應多花心神，想想今後部署，畢竟往往有諸多難題要公子獨自面對。」

我苦笑道：「不是我不想盡力，但才當了四年魔鬼，比起修練千年以上的衆魔，不論經驗智謀，或戰鬥技巧，我皆遠遠不及。」

「其實以四年時間就能修練至如此地步，已是魔鬼之中難得一見。」妲己看著我，淺笑道：「可惜作爲『地獄之皇』，又遠遠不夠。」

聽到妲己的話，我立時驚訝問道：「前輩！你知我是撒旦轉世？」

「賤妾知道。」妲己抿嘴一笑，「公子無需如此驚訝吧？」

拉哈伯和師父對我的眞正身分一直以來保密甚嚴，直至在佛羅論斯面對撒旦教衆時我才首度公開，及後拉哈伯雖將此事告訴塞伯拉斯，而撒旦教主更是早早知道，但妲己照理應該不知這秘密。

我按下驚疑，正容問道：「請問前輩是從何得知？」

「公子還記得在香港時，拉哈伯曾找過賤妾嗎？」妲己說道：「那夜他勸說許久，想賤妾協助你們再次統一魔界。惟賤妾表明心意，不欲再沾血腥，他見苦勸無效，最終跟賤妾說了一個秘密。」

「這秘密，」我猜問：「就是我的眞實身分？」

「不錯！」妲己微笑道。

「原來當初拉哈伯說的妙計，就是這個。」我冷笑一聲道：「還以為那臭貓有甚麼厲害之著。」

「公子可別這樣說，拉哈伯說出此番話，的確令賤妾動心，」妲己笑道，「畢竟賤妾當年也被撒旦的風采為之折，不然怎會不知羞恥地跑去補選七君呢。」

我想起那時拉哈伯和妲己見面後，曾說她會考慮一星期，眼下拉哈伯在撒旦教手上，若能將妲己拉入我方，實不失為一有力強援。

想到此節，我連忙追問道：「前輩你考慮得怎樣？現下撒旦教勢大，而且以他們作風，就算你投靠也未必被善待。」

「公子說得不錯，可是連殲魔協會似乎已歸順，公子要扳倒他們就變得更加困難了。」妲己輕輕嘆了一聲。

「的確如此。現在我只有一人之力，更是難以成事。」我苦笑道。

「所以賤妾雖有心助公子成事，但此路實在難行。」妲己嘆道。她話中之意顯然不過，我心下立時大感失望。

誰知她看到我失意的樣子後，忽然抿嘴嬌笑，道：「本來賤妾是打算這樣說的。」

妲己的話讓我一頭霧水，我不禁皺眉問道：「前輩的意思是？」

妲己沒有立時回應，卻回頭看著寢室，問道：「公子喜歡煙兒嗎？」

「我也不知這是否『喜歡』，但與她一起時，人自然就會放鬆下來。」我想了想，將心中感覺如實說出。

妲己用那雙幽幽明眸看著我好一陣子，然後嘆息一聲，苦笑道：「這就足夠了，這就足夠了。公子對煙兒已比那人對賤妾，好上千百倍。」

妲己提及「那人」時，不單語氣比平常幽怨，說話時更微微顫抖。

我見狀，小心翼翼的問道：「前輩是指煙兒的父親？」

妲己沒有回答，卻垂頭沉默片刻，好半晌，才抬起頭來，強顏歡笑道：「算了，別提那人。賤妾也不相信甚麼山盟海誓，只要公子心中有煙兒，那怕是一天半天，已經足夠。」

妲己一生以情為劍，玩弄多少帝皇英雄於股掌中，此刻卻說如此絕情話，可見「那人」實在傷透她的心。

「雖然我不能對她保證甚麼，但經歷過這些日子，這刻在我心中，煙兒所佔份量不少。」我笑說。

「感謝公子，這是那傻丫頭的福氣。」妲己臉上的愁緒忽一掃而空，對我笑道：「煙兒那丫頭看來鐵定要跟隨公子，作為她娘，賤妾也不能不負責任的任由這女兒麻煩公子。」

「前輩的意思是，會隨我們一同去埃及？」我一聽大喜。

妲己笑了笑，道：「公子若嫌賤妾礙手礙腳的話，賤妾當然不會厚臉皮跟著來。」

「前輩真愛說笑，要是有了前輩同來，此行實在少了幾分危險！」我笑道。

妲己搖搖頭，道：「公子忘了剛才賤妾的話嗎？要成為群魔之首，公子還必須變得更強。」

我嘆了口氣，道：「可惜我遇上了瓶頸，但願師父留下之物，能助我提升力量到另一層次吧。」

這時，妲己忽然想起甚麼，說道：「對了，賤妾有一樣東西想給公子看。」

我微感奇怪的看著她，只妲己素手越過露台，遞來一團事物。

我伸手接過一看，發現那是一條銀製項鍊。

項鍊鏽跡斑駁，似是年代久遠之物，吊著的一個圓形圖徽，卻擦得甚是光滑。

起初乍看，我以為是撒旦教的標誌，但仔細觀察，發現那圖徽雖也是由大小兩個圓組成，但圓間的圖案卻非代表撒旦的倒五芒星，而是一個由兩對正方組成的八角形。

「這圖徽看起來，有點像太陽……前輩給我的意思是？」我疑惑的看著妲己。

「賤妾方才倚在項羽身上時，發現他懷中有這東西。」妲己淺淺一笑，「賤妾看它有點特別，於是便順手取過。」

剛才在牢室中，我的心神一直專注在項羽身上，他的一舉一動我都看得一清二楚。

但妲己卻能在六隻利眼的監察下，無聲無息偷走項鍊，手法之快實在匪夷所思。

「難不成是殲魔協會的會徽？」我奇道。

「不，」妲己搖頭，道：「殲魔協會的會徽並不是這樣子的。」

我提起項鍊，在陽台微弱的燈光下仔細看了一會兒，卻看不出有甚麼特別。

「這圖徽究竟有甚麼含義呢？」我摸著下巴，喃喃自語。

「雖然它可能只是條普通項鍊，不過，」妲己秀眉一蹙，「賤妾直覺，它並不簡單。」

妲己不是等閒之輩，她說得上不簡單，那麼這項鍊該是大有來頭。

「可惜拉哈伯不在，不然以他見識，說不定能知當中底細。」我嘆道，伸手將項鍊交回妲己。

卻見她笑了笑，輕輕推回我的手，道：「這項鍊對賤妾無用，還是讓公子留著吧。」

「對了，前輩跟項羽認識很久嗎？」我聞言也不多話，順手把項鍊塞進懷中。

「賤妾跟他在秦末時就認識了。」妲己抬頭看天，似是回憶往事，「當年，賤妾輔助劉邦，跟項羽逐鹿中原。他憑著過人膽識和智謀，加上『弄影』『奪目』二瞳之助，屢戰屢勝，贏得西楚霸王的美譽。要不是漢軍有張良、蕭何和韓信三名魔鬼相助，秦之後說不定就是楚皇朝。」

「但項羽不是在烏江自刎了嗎？雖說魔鬼只要頭顱及魔瞳無損，就能暫保性命，但你們想來不

會就此放過他吧？」我奇道。

「公子說的沒錯。項羽乃成大事之人，豈會就此斷送自己性命。他本想以假死蒙混過去，待給士兵抬走時，才乘機逃脫。只是韓信悉破霸王此計，設下重兵，親自押他回城。韓信倡殺，但劉邦念情想留霸王的命，在蕭何和張良二人商議如何處置他之際，孔明卻突然出現，說要項羽的人。」

「你們就這樣把他放走？」我問道。

「不錯，因爲孔明是魔界七君，被撒旦派來維持中原的勢力平衡，他的話就等於撒旦的話，我們又豈敢違抗。何況單單孔明一人，我方四人合力也是難以匹敵，他不直接搶人，已是給了我們萬分面子了。」妲己淡然一笑，道：「不過他也跟我們立了血契，就是項羽在二百年內不再出現。因此賤妾才放心把人交出來。」妲己說道。

「項羽眞的就此消失？」

「對，一直到二百多年後，別西卜失蹤，魔界需要重選七君，他才再次出現。」

「這二百年來，他定必在勤修苦練吧？」

「賤妾再見他時，他的確讓人刮目相看。」妲己說道：「不過那時他卻單獨現身，也不知甚麼時候見過塞伯拉斯，還暗中成了他的義子。現在回想，有了三頭犬的指導，難怪功力能突飛猛進。」

「可是那時前輩想必也沒偷懶，與項羽相比你，你還是勝一籌吧？」我說道，妲己卻只笑笑不語。

「塞伯拉斯調教弟子眞有一手。楊戩和嘯天犬雖單獨作戰時實力不高，但一人一獸合力而戰時卻能跟七君孫悟空匹敵。」我想起三頭犬另外幾名義子，說道：「還有宮本武藏，魔瞳未開，力量已強得嚇人，倒不知道他跟項羽相比誰較強。」

妲己聽到我提到宮本武藏，臉上忽現詫異之色，驚訝道：「宮本武藏也是塞伯拉斯的義子？」

「是啊。」我見她神情如此驚詫，不禁微感奇怪：「前輩識得他？」

「賤妾只聞其名，不識其人。宮本武藏當年以凡人身分，手握一對普通武士刀，連誅數十魔鬼，名頭在魔界轟動一時。」妲己驚色一瞬即逝，只見她搖搖頭，鎮定如常的說：「賤妾方才驚訝，是因爲傳聞他擊敗佐佐木小次郎後，一直隱居山林至死。想不到他一生嫉魔如仇，最後竟是當了魔鬼，還成爲塞伯拉斯的義子。」

「如果只是凡人的話，最長也不過活到百來歲，那宮本武藏應是在歷史記載死去的時間前裝上魔瞳，成了魔鬼。」我摸摸下巴，道：「如此說來，他當年成魔後，一直沒有露臉，直至現在才重出江湖？」

「公子說得沒錯。」妲己點點頭，說：「賤妾雖早已退穩，但隱居時也偶有留意魔界的消息，唯宮本武藏加入殲魔協會這等大事卻從沒聽聞。」

此時，我想起宮本武藏和薩麥爾見面時的情況。

依宮本武藏的話，薩麥爾和他有著不共戴天之仇，但薩麥爾卻似不認識他。

撒旦教和殲魔協會敵對二千餘年，雙方交手甚多，可是當了教主那麼久，薩麥爾卻竟未遇過宮本武藏；再說項羽能順利混進撒旦教當臥底而不被發現，可想而知塞伯拉斯一直將二人藏得甚密。

「每次新收的義子，都會消失個一二百年，也不知是巧合，還是另有玄機。」我想了想，始終不得其解，便搖搖頭，向妲己問道：「對了，前輩可以告訴我項羽那兩隻魔瞳的特色麼？」

妲己點點頭，解釋道：「『奪目之瞳』，顧名思義，就是一隻能奪去目力的魔瞳。公子還記得方才賤妾撲向項羽時，他不閃不避，卻閉上一眼嗎？」

「我記得。項羽闔眼片刻，然後又立時睜開。」我回想起當時狀況，「當他睜開眼睛後，前輩像是剎那瞎了，不單一擊不中後沒再次追擊，更看不到項羽早將武器放在身前，險些著了他的道兒。」

「公子說得不錯，賤妾那時確是看不見東西，」妲己點點頭，道：「因爲項羽利用魔瞳，把閉上眼睛時產生的『絕對黑暗』，轉嫁到賤妾身上。」

「慢著，甚麼是『絕對黑暗』？」我不解的問道。

「『絕對黑暗』，就是當人緊閉眼睛時，所『看見』的黑暗，也就是甚麼都看不見。」妲己看到我疑惑的樣子，不禁抿嘴一笑，才續道：「項羽和別人的目光交接時閉上眼睛，『奪目之瞳』便會開始積存『絕對黑暗』。當他再次睜眼，魔瞳便會把積聚的『絕對黑暗』轉嫁到對方身上。項羽閉上眼睛十秒，對方接下來便會失去視力十秒；項羽閉目十二時辰，那對方就要當瞎子一整天！」

「還眞霸道。」我皺眉說道：「那個『弄影之瞳』，就是他忽然出現在別人身後，以及將別人移動到身邊的技倆吧？」

「沒錯。當項羽用『弄影之瞳』注視著別人的影子時，它就能夠將對方影子和自身影子連結一起，從而讓他一下子閃到別人的影子上，或瞬間將別人拉到自己的影子中。」

「這雙魔瞳單只一隻已非常難纏，兩瞳相互配合的話，更是厲害。難怪項羽能稱得上『霸王』。」我想起和項羽交手時的情況，不禁苦笑。

「其實他的魔瞳並非不能防。」妲己忽然笑道：「當敵人意志力越高，項羽便得同時間闔上更多眼睛去積存『絕對黑暗』。如果能逼得他四目盡閉，就是進攻的絕佳時機。而且在項羽閉上眼睛時同時闔眼，更能抵銷『奪目之瞳』的功效啊。」

「那麼『弄影之瞳』又該如何防禦？」我追問道。

妲己笑了笑，道：「這個就更簡單了，只要跳起來不跟影子有直接接觸，項羽就不能把影子連結了。」

「前輩，這些方法說來容易，但當眞要實行，卻又危險無比。」我無奈的笑道：「先說和項羽同時閉眼。雖然這能抵銷『奪目之瞳』存儲『絕對黑暗』，但我也不知甚麼時候該再次睜開眼。若然睜得比他早，那我還是要變一會兒瞎子；若然比他晚睜開，那麼他定必乘機偷襲。而且我也不能

不停跳在半空，一來費力，二來也大大增加讓他進攻的空隙。」

「公子說的，賤妾當然知道。」妲己沒有生氣，只是柔笑道：「若然那麼容易就能破解項羽的雙瞳，他就稱不上『西楚霸王』了。」

「但願我不會一次過與塞伯拉斯的四名兒子交手吧！光是其中一人，足已令我吃不消。」我苦笑道：「眼下撒旦教和殲魔協會的關係不清不楚，雖然項羽的話讓我覺得塞伯拉斯未必真的投靠了撒旦教，但這還是作不得準。」

「公子不用氣餒，雖然現下你勢孤力弱，也請別忘了撒旦是號稱『最接近天上唯一的天使』，其能力不是一兩個、或數個魔鬼可比擬。」妲己頓了一頓，笑道：「更何況你身邊還有子誠。雖然他的心還不夠堅定，但只要多加磨練，也會是一名厲害幫手。」

子誠嗎？

聽得妲己提起子誠，我不由得沉默起來。

子誠身上的潛力，對我來說確是一個強助，但現在他卻因心靈上的脆弱而退出。

雖然我已想到留下他的方法，但這計可能會進一步削弱他的心。

我，應該留住他嗎？

由於我一時無語，氣氛霎時間冷了下來。

兩人如此寂靜片刻，妲己忽然向我淺淺一笑，道：「時候晚了，既然明天要早行，賤妾還是先回去養神一下。也請公子早點休息吧。」

說罷，妲己便微微躬身，然後緩緩走回房間。

我看著妲己纖弱的背影，一步一步離去，心中的掙扎聲音，越發明顯。

留，還是不留。

留，還是不留。

留，還是……

「前輩！」

我猛地把妲己喊停。

只見她慢慢回頭，一臉奇怪的看著我，問道：「公子，怎麼了？」

「我有一事相求。」我想了想，認真的說道：「是關於子誠的。」

聽到我的話，妲己只笑了笑，臉上卻絲毫沒有意外之色。

「你洗得還真久呢。」我看著剛走出浴室的子誠笑道。

「是嗎？」子誠強顏笑道。他只用浴巾包住下身，上身肌肉早被沸水燙紅，隱隱冒煙。這次他待在浴室的時間，比以往都要長。可能，他想讓水龍頭沖洗一下混亂的思緒。或者，他根本不想面對我。

子誠看了看滿桌的食物，疑惑問道：「這些食物……」

「我從樓下酒吧拿上來的。」我嚐了一口清酒，道：「坐下來吧，明天一早，我們便要各散東西了。我想，我們今後不會再有見面之日。」

子誠依言坐下，垂頭片刻，似乎不知該如何接話。

良久，他猛地喝了一口清酒，然後沉聲問道：「小諾，你會怪我退出嗎？」說話時，他沒有正眼看著我。

「你覺得我應該怪你嗎？」我放下酒杯，不答反問。

「應該，你應該怪我。」子誠苦笑。

「不，我不會怪你。」我搖搖頭，看著他，道：「魔鬼的路難行，和萬魔爲敵的路更難行。你才當了魔鬼不足一個月，你的苦處，我可以理解。」

「其實，我並非害怕面對群魔，亦非畏懼死亡。」子誠又喝了一口酒，聲線漸漸加強，「反正生無可戀，對於生死，我早置之度外。我只是，厭了這世界，厭了它的虛僞。」

「你原本復仇心決，但經過孤兒院的事，又變得意志消沉。」我搖了搖酒杯，問道：「你是對老院長及你妻子的事，耿耿於懷吧？」

碰！

「那畜生！若濡視他爲父，但他竟狠心沾污了她！」子誠忽然握拳擊桌，說話時語氣激動，雙眼通紅，卻微泛淚光。

我看了他一眼，默默再喝一口酒。

子誠忽爾把桌上的清酒整瓶拿起，仰首喝光，這才嗚咽道：「你知道嗎？我跟若濡一樣，自小無父無母。雖然我跟老院長見面不多，但若濡敬他重他如父，我心中也早把他視作親人！」

「原來你也是個孤兒。」我嘆了口氣。

子誠甚少提及自己家人，想不到原來不是不提，而是沒人能提。

「對啊！我和若濡都沒人憐沒人愛，我倆就相憐相愛！可是爲甚麼壞事情總要發生在我們身上？」子誠的臉慢慢變紅，眼神亦開始模糊起來，「爲甚麼上天要這樣對我們？我們明明都沒作壞事呢……」

說著說著，子誠漸漸變得神智糊塗，口齒不清起來。

最後，他終於不勝酒力，伏在桌上，把食物盡數弄倒地上。

「爲甚麼要讓我知道，爲甚麼？你在我心目中是完美的……爲甚麼要破壞……」子誠喃喃，一滴眼淚劃過他的臉龐，掉到桌子上。

我默默的看著他，又再喝了一杯。

「子誠，我心中的問題不比你少。」我慢慢轉動酒杯，說道：「四年前，我也萬分不解，爲甚麼我要成爲和天上唯一敵對的那一個。我問了師父，他卻只指了指天，然後說：『到時候，你當面問祂吧。』」

「嘿……當面問天上唯一？」子誠瞇眼傻笑道。

「不錯，我生存在這世上的目的，就是要跟祂對抗。這是我無法選擇的『命』。」我頓了頓，說道：「子誠，跟我一起戰吧。一直努力到世界末日，無論是成是敗，我們也能問問天上那位，爲甚麼要如此玩弄世人。」

「不了，我累了。我想回去香港，平平靜靜的生活。」子誠緊閉雙眼，皺起眉頭，「小諾啊，我對不起你！我答應過要當你十年同伴，但現在十個月也未到，我就食言了。你拿吧，拿回你之前給我的命吧！」

我搖搖頭，道：「不，我不會取回，因爲你會繼續當我的同伴。」

子誠迷糊的問道：「你在說甚麼？」

「你的潛能萬中無一，現下已沒魔鬼能幫助我，所以我決不能讓你離去。」我慢慢站起來，「加上你的『追憶之瞳』大有用途，所以，你還是得留下來。」

子誠彷彿聽見了，一雙濃眉緊皺，卻又說不出話來。

其實還有一個原因，我沒有說出來。

雖然跟子誠只認識了十來天，但他是我人生中唯一一個朋友。

唯一一個。

或許大家都是寂寞的人，或許我們都是命運下無可奈何的獨行者。

但就是這脆弱的關係，讓我不想他離去。

那怕他以後會被我毀掉，我也不能現在放手讓他退出。

「所以，該說對不起的人，是我啊。」我看著伏在桌上的他，沉聲說道。

可是子誠早已昏睡過去，再也聽不進我的話。

「前輩的酒，果然厲害。」

我站起來，淡淡說道。

此時，身後連著鄰室的大門忽然打開，走進兩人。

一人笑態盈盈，乃是妲己；另一人愁眉深鎖，卻是林源純。

「此酒乃前秦符家的祖傳佳釀。經過這些年來賤妾的改良釀造，更是千錘百鍊。」妲己抿嘴笑道：「只需三滴，即便猛獸也馬上迷醉不醒。」

我「嗯」了一聲，沉思片刻，便朝林源純問道：「她應該告訴了你，我們其實都是魔鬼吧？」

林源純不發一言的看著我，眼神仍有點難以置信，良久過後，才勉強點頭。

「撒旦教的勢力在各地根深柢固，以你一人之力想要清除它，實在難比登天。」我看著她，說道：「所以，你需要我的幫助。」

「但你也是剛從他們手中逃走出來……」林源純疑惑的看著我，道：「你又有甚麼本事，能夠與他們對抗？」

我沒有回答，卻運動魔氣，猛然召喚「鏡花之瞳」。

霎時間，房間內魔氣逼人。

「你的眼！怎麼變成紅色的？」林源純惶恐地指著我的左眼。

「看著它。」我沒有理會她的驚訝，只沉聲命令。

林源純雖感詫異，但不敢違命，怯怯地看了我一眼後，黑黝的瞳孔忽然急速擴張！

林源純張大了口，呆呆的直視前方，一雙妙目不停湧下淚來。

「雄彥……」林源純喃喃自言，語氣又喜又悲，瘦弱的手想在空氣中抓著甚麼，卻又甚麼都抓不到。

這時，我打了一個響指，林源純的眼瞳猛然一縮，接著她渾身一震，無力的坐倒地上。

林源純重重的喘著氣，片刻過後，才抬頭看著我，淒然道：「殺了那兇手的人，原來是你！」

「不錯。」我點點頭。

方才我入侵林源純的思想領域，並非要她看見亡夫的假像，而是讓她親歷當天我企圖救她丈夫的經過。

除了表明我是替她報仇的人外，我更想利用林源雄彥瀕死的模樣，加深她對撒旦教的恨意。

「可是……可是這樣又如何證明你有能力對抗整個撒旦教？」林源純氣息粗重的問道。雖然她看過丈夫死相後，心神激動，但頭腦依舊清醒。

「我不是要證明我有能力，只是想你知道，我是手仞殺你丈夫兇手的人，你應該要知恩圖報。」

我認眞的道：「更何況，殲魔協會會長突然變節，他們已不會再助你復仇。」

「你說甚麼？」林源純雙眼瞪得老大，難以置信的道：「你在騙我對不對？」

「我沒有騙你的必要。」我笑了笑，續道：「現在天下間，也許只有我會跟撒旦教對抗，又有機會消滅它。」

林源純低頭沉思片刻，才抬起頭看著我，道：「你還是未說，你有甚麼消滅它的把握。」

我沒有回答，只朝她笑了笑，道：「看看四周。」

林源純依言一看，赫然發覺周遭不知甚麼時候，竟變得血紅一片，詭異至極！

「發生甚麼事了！」林源純驚訝無比，一張俏臉嚇得煞白。

她想轉身離去，卻動彈不得。

因爲，她的雙腳，早已被一對鬼手牢牢抓住。

此時，無數沒有耳鼻，只有一張巨口和一隻巨目的鬼人，從血牆中「走」出來。

鬼人們低沉地呻吟，拖著緩慢的腳步，慢慢走向林源純。

林源純大驚失色，沒有胡亂尖叫，反而強自鎭定，掏出手槍，微微顫抖的瞄準鬼人。

可是鬼人們對手槍視而不見，依舊一步一步的朝她走去，越走越近。

終於，林源純按捺不住，眼中殺機一現，扣下機板！

嗒！

槍聲沒有如她期許般響起，取而代之的，是我一記響指。

林源純看見房間回復原本樣貌，而一直以爲緊握的手槍竟仍插在腰間，不禁呆在當場，說不出半句話來。

「製造幻覺，是我的能力，也是我擊倒撒旦教的把握。」我看著一臉惶恐不解的她，淡然一笑，道：「之前我沒有使用出來，本是想出其不意地襲擊他們，可是撒旦教主的能力比我預料的高，所以我才失手被擒。」

我故意撒謊，以免林源純知道眞相後，對我能力置疑。

林源純用力搖了搖頭，過了好半晌，才肯定剛才所見的盡是幻覺。

「你想我怎樣？」她臉色蒼白如紙，但眼神還是流露堅毅，「你是魔鬼，不會平白幫我，對吧？」

「聰明。」我笑道：「我要你的身體！」

林源純聽罷，先是一呆，接著雙眼漸漸變紅。

她內心掙扎了好一會兒，忽然咬了咬牙，伸手想解開衣領鈕扣。

「你誤會了，我不是要你獻身給我。」我見狀連忙把她喊停，指了指身後的子誠，「我指的是他。」

「子誠？」林源純停下手上動作，紅著眼，一臉疑惑。

「不錯，我要你用身體留住他。」我看著昏迷不醒的子誠，「他因爲某些事情心灰意冷，想要離去。」

「子誠……子誠他也是魔鬼？」林源純驚訝的道。

「對，他能看見屍體死前的記憶，這能力對我們大有幫助。若然子誠離去，要殲滅撒旦教會倍加困難。」

「可是，子誠對她妻子堅定不移，我……我又如何能留住他呢？」

「這一點你不用費心，我自有方法。你替我留住他，讓我能盡全力扳倒撒旦教。不過你要答應我，此事絕對不能告訴他。」我看著她說道。

林源純聽著我的話，神情反覆變幻。

「那麼，你要跟我交易嗎？」我一臉認真的問道。

林源純眼神複雜的看了看子誠，又凝視著我片刻後，才神色黯然地點頭。

「別忘記你許下的承諾。」

與她立下血契後，我朝她微笑道。林源純別過頭，似乎不想看見我。

她聲音有些沙啞地問道：「那麼……你現在想我幹甚麼？」

「甚麼也不用做，坐下來，放鬆自己。」我邊笑說邊走近子誠，「只要待會子誠動手時，你別拔槍殺死他就行了。」

林源純聽到我的話，更顯不安。

但最後，還是坐了下來。

不久，她開始輕啜泣。

我沒理會她，徑自走到子誠身旁。

喝了妲己的酒後，子誠一直躺在桌上，醉倒不醒。

我輕輕撥開他右眼眼皮，因為沉睡，他的眼珠變得空洞無神。

我閉上「鏡花之瞳」，將魔氣一下子積聚其中。

「子誠，留下來吧。」

說罷，我猛地睜開魔瞳，凝聚了的魔氣如潮般湧入子誠眼中！

子誠渾身一震，接著他開始喃喃自語，道：「若濡……若濡……」

卻見他一邊說，一邊流淚。

方才，我對子誠使出了「地獄」的第九層，「斷腸」。

「斷腸」二字，乃是「思念欲斷腸」之意。

本來此招能使人對某人某物的思念，在短時間內極度倍化，讓其肝腸寸斷，傷心欲絕直到神智瘋狂、甚或崩潰自盡爲止。

但我對子誠使用時，稍爲改變了當中細節。

此招將留在子誠思想領域中極久，卻不會使他發瘋，只是從現在起，他每次看見林源純，腦裡都會閃過他亡妻的容貌，以及與她一起時的點滴。

從今以後，林源純在他眼裡，便會變得滿是亡妻的影子。

「接下來，就要勞煩前輩你了。」我擦了擦額上汗珠，向一直靜坐在旁的妲己說道。

妲己站了起來，笑盈盈的問道：「公子想子誠對純粗暴點，還是溫柔一點？」

「粗暴一點吧，」我正打開房門，聽她如此問到，頭也不回的應道：「讓子誠看清楚他自己幹了甚麼。」

妲己笑著應了聲，左眼眼瞳倏地染紅，卻是「銷魂之瞳」已開。

「銷魂之瞳」，將會煽起子誠的無窮慾火。

只剩下性慾的他，會不能自控地侵犯林源純。

那個，充滿他亡妻影子的林源純。

待子誠醒過來時，事情已經再不能挽救。

身爲警察，富有責任心的他，決然不會就此離去。

更何況，現在林源純在他眼中，已經改了變化。

現在，二人的羈絆已被我扭在一起，纏得不可分割。

就在我關門一刻，背後鄰房忽然邪氣湧現。

隨之而來，是子誠的胡言亂語，以及林源純的尖叫和痛哭聲。

翌日，當子誠酒醒過來時，赫然發現自己渾身赤裸，擁著衣衫盡碎的林源純。

他忘記了昨晚我跟他喝酒的事，在他腦海中，只記得自己借酒銷愁，喝得爛醉如泥，不醒人事。

他當然明白自己幹了甚麼，本想自盡謝罪的他，卻被林源純阻止了。

「要是你想死，就先給我殺光撒旦教的人。」林源純雙眼通紅，冷冷的道。

子誠對林源純歉疚甚深，不敢不聽她的話，所以最終也留下來。

同時，他看著林源純的目光，亦微泛異樣。

最後，我們趕到機場，乘飛機出發到埃及去。

一行五人，沒多沒少。

第三十四章——

重赴黃沙

第三十四章　重赴黃沙

埃及，開羅西南方的沙漠上。

我駕駛著「借」來的吉普車，朝師父埋葬之地疾馳而去。

離開城市後，四周境況便像一片半壞的錄影帶，不停重複地播映那片一望無際的沙漠。

不過假若閉眼片刻，車上空調倒能令人暫時忘卻自己正置身黃沙中。

車開得極快，往後看去，車尾正拖起一條滾滾沙龍。

「大哥哥，還有多久才到啊？」坐在後座中央的煙兒問道。

我向前探頭看了看，道：「不遠，前面那個山谷就是了。」

「大哥哥也眞厲害，這兒四周甚麼都沒有，只黃沙一片，你卻能認得路。」

「我好歹在這兒打滾了四年。」我笑了笑，道：「連路也認不到的話，我早橫屍沙漠了。」

煙兒聽後吐了吐舌頭，便不再說話。

車廂內，復又平靜。

坐在我身旁的子誠，上車後便一直看著窗外風景發呆；而後座的林源純則閉眼裝睡，似乎不願面對衆人。

自從離開日本後，他倆便一直滿懷心事，默不作聲。

偶爾開口，兩者都是數句即止，絕不多談。

不過，「斷腸」顯然發揮功效，子誠看著林源純的眼神跟以往大不相同，有時候更會不經意看得痴了。

子誠多次想開口跟她說話，林源純都會立即別過頭，顯然不想跟子誠有絲毫交流。

連眼神接觸，也不想有。

我知道，其實林源純她心裡恨極我跟子誠，不過爲了替夫報仇，才不得不忍辱留下。

這時，周遭忽然陰暗下來，卻是吉普車已駛進山谷之中。

由於師父的墓地在山谷深處，車子駛不進去，我便把車停下，招呼衆人下來。

妲己首先下車，環視四周後，秀眉忽皺，問道：「這就是公子師父埋葬的地方？」

「對，」我轉頭看著她問道：「前輩發現有甚麼不妥？」

妲己看著山谷深處，神情凝重的道：「賤妾嗅到前方有血腥氣。」

妲己本是狐狸，嗅覺遠比我高，聽到她的話後，我連忙打開魔瞳，讓鼻子變得更敏感。

果不其然，一陣血腥氣味從山谷深處傳來。

隱約，就是師父墓地所在！

「難道被人搶先一步？」我皺起眉頭，認眞說道：「大家小心，敵人可能在前頭等著我們。」

妲己閉眼再嗅，片刻過後，睜眼續道：「不，賤妾嗅不到其他氣味，而且那些血氣也不濕潤新鮮，似乎敵人離開了好一段時間。」

「那我們趕快進去吧！」我說著，魔瞳卻沒收起。

邪異紅光，閃爍依然。

我們五人屏息靜氣，慢慢走進山谷深處，盡量不發出半點聲響。

這山谷通道狹小異常，寸草不生，偶爾有強風吹過，整個山頭便會響起一陣怪異迴音，彷若鬼嚎，教人暗暗心寒。

一路上，四周平靜之極，沒有異樣，似乎妲己所言不假，敵人早已離開。

再走一會兒，眼前忽地豁然開朗，卻是我們已走到山谷最深處。

我們面前是一塊偌大的圓型平地，四周被山壁環抱，但山壁上裂痕巨縫斑斑，地上碎石破岩無數。

「這裡似乎曾經有一場大戰呢。」煙兒抬起頭，看著那些誇張裂縫，張大口道。

「這兒的確曾有一場激烈的戰鬥，」我邊走到前方一堆石塔處，邊說道：「不過，弄出這些痕跡的不是別人，而是我自己。」

平地最盡頭處，堆有十二座由扁平石塊砌成的石塔。石塔整齊列成半圓，大都約有一人高，唯獨最右邊那個石塔，不知何故被人推倒，石塊凌亂的散落地上。

那被人堆倒的石塔下，正是師父的墓，旁邊正躺有三頭獵豹的死屍。

「這些裂痕是大哥哥弄出來的？」煙兒臉上滿是難以置信之色。

「之前我在這兒催動十成魔力，嘗試『獸化』。」我走到師父墓前，暫沒理會豹屍，伸手撥開石塊，「當我完全變成撒旦後，實力恐怖得匪夷所思，可是同時也被黑暗力量支配身體，失去理智。」

「那……之後怎樣了？」煙兒小聲問道。

「之後，我錯手殺死師父。」我淡淡笑道。

聽得我這般說，煙兒驚呼一聲，一時嚇聲。我朝她笑一下，便繼續手上動作。

大約半年前，師父和拉哈伯見我的修練開始有成果，便提議我嘗試將所有魔氣爆發出來，以試極限。

這四年間我的實力雖然突飛猛進，但一直以來我都沒變成拉哈伯所熟識那個撒旦的模樣。因此，此舉也算是實驗，看看我能不能夠召喚那一身深黑肌膚。

我聽從二人指示，激發體內蘊藏的魔氣時，果真順利「獸化」。

可是，得到強大力量的一剎，我意識突然中斷，整個人失去控制，不斷瘋狂地攻擊拉哈伯和師父。

沒有魔瞳的師父，體格只不過是名凡人，勉強避開我的攻擊數次，最終胸口還是吃了我一拳，心肺震碎而死。

看到出了狀況，拉哈伯最終不得已變回獅身人面獸，才勉強將暴走的我擊昏。

石壁上的痕跡，便是我當時與他激戰所留下。

「哪來的豹？」子誠走到我身旁，疑惑的道。

「這是獵豹，在埃及幾近絕跡。」我繼續撥開堆在墓上的石塊，「而這三頭則是拉哈伯從遠方

帶來的。」

「千里迢迢帶到埃及來守護你師父的墓？」

「對，不過這是我離開前的事，」我抬頭看了他一眼，笑道：「這些獵豹原是給我作速度和搏擊訓練，幾十頭只死剩這三隻，所以也彎珍貴。」

子誠乾笑幾聲後，便蹲下來檢查一下那些獵豹的屍體。

我繼續移走石塊，此時石堆中突現木塊，正是師父的棺木。

我加快手上動作，不消一會，棺材已經整個顯露出來。

我俯身想將棺材抬出來，可是手一碰便感到棺木極輕，渾不似載有屍體！

我心裡大呼不妙，不理會棺木還在石堆中，硬是用力揭開棺蓋。

一揭。

「吱！」

一陣腥臭揚起，大量蝙蝠從棺木中瘋狂的飛湧出來！

我反應迅速，向後急蹤閃過。

蝙蝠沒有向我追擊，出來後只朝著谷頂光亮處飛去。

不消一會，這群黑黝黝的不速之客已盡數飛散。

我暗罵一句後，連忙上前探看師父的棺材。

只見棺木內裡，空空如也。

「眞的讓人搶先一步！」我忿然將棺蓋擲在地上。

其實我早猜過孔明所說之物爲何。

師父死時，我和拉哈伯都在旁邊，若說有甚麼遺物，就只有一柄他一直隨身攜帶的短劍。

我想了很久，覺得孔明口中所說的寶物，並不一定是實物。

有可能，是非物質的東西。

而師父唯一能留下來給我的非實物，只有一樣。

就是他的記憶。

這也是我留下子誠的原因之一。

現在有人捷足先登，偷走師父屍首，對方雖沒「追憶之瞳」，不過要是毀了師父的屍身，我們便永遠無法得知「寶物」的內容。

敵人故意將蝙蝠藏在棺材中，不但宣示他們早對我們行蹤瞭若指掌，這群蝙蝠的吱吱叫聲更彷彿是對我的嘲笑。

那戲謔的感覺，就跟撒旦教主一樣。

「他按理還在養傷，我們來埃及也不過是一天前的決定，他有這般料事如神嗎？」我在心中百思不解，便搖搖頭，暫時按下疑惑。

我轉過頭，向子誠問道：「這些豹子是怎樣死的？」

「用拳頭打死。」子誠抬起其中一個雙眼凸出的豹頭，朝我說道：「殺豹者似乎是同一個人，下手看準頭顱，一下子就打死。」

「一下打死一頭獵豹，下手者難不成是魔鬼？」我伸手摸了摸豹子頭蓋那凹陷下去的位置，道：「看來又是撒旦教的傑作。」

這時，一直在旁觀察的妲己，忽說道：「這不是魔鬼下的手，而是人類。」

「人類？」我奇道。

「對，即便是剛成魔的魔鬼，一拳都足已讓這豹頭轟得稀爛。」妲己指著地面，續道：「不過，下手者亦非常人，大力士雖能一拳斃獸，但同時面對三頭野性的獵豹定有損傷。這人能滴血不流，身手遠比一般人高，說不定眞是撒旦教的人。」

我看了看凹凸不平的石地，的確沒有任何血跡。

「前輩，你知道有甚麼人或魔鬼跟蝙蝠有關嗎？」我想起剛才的蝙蝠群。

妲己側著頭想了一會兒，搖頭說道：「公子見諒，賤妾一時想不出來。」

「不要緊，我還有辨法。」說罷，我便走向三頭獵豹中屍首最完整的一個。

「小諾，你想怎樣？」子誠問道。

我把那豹屍擱在肩上，道：「當然是去找那個偷屍賊啊。」

「你連敵人是誰都不知，從何找起？」一直默不作聲的林源純，忽然小聲問道。

「的確，我對對方身毫無頭緒，」我轉身向著她，指了指肩上獵豹，「不過，這豹子跟敵人交過手，可以助我們一臂之力。」

「你想我使用『追憶之瞳』？」子誠問道。

「不，『追憶之瞳』只能追索人類的記憶，對飛鳥走獸都不管用。」我頓了一頓，笑道：「不過，

我有位朋友，能喚醒這頭貪睡的大貓。」

「誰？」眾人異口同聲的問道。

「埃及的驅屍人。」

我笑道，伸指彈了獵豹乾燥的鼻子一下。

第二十五章——驅屍異士

第三十五章　驅屍異士

驅屍人的家位於山谷附近一小部落中，吉普車駛去片刻即至。

由於此處屬於沙漠深處，人跡罕至，所謂部落也不過是由百來人和少量草屋組成。

爲免驚動他人，我將車停在部落遠處，背負用麻布包裹的豹屍，只帶上子誠進村。

部落裡的人，除了小孩，全都穿上包裹整個身體的黑袍，只露出一雙眼睛。

他們見到我們，沒有絲毫訝異，只冷冷看了一眼，便繼續自己幹活。

「他們對外人都很冷漠呢。」子誠在我旁邊小聲說道。

「這族人世代在這沙漠深處獨立而居，幾乎與世隔絕，因此對外來人態度極爲冰冷。」我解釋道。

我來過這部落數次，也不以爲然，笑著打個招呼後，便跟子誠走到部落盡頭一座最大的草屋。

草屋由黃藤野草築成，看上去殘舊簡陋。

「艾馬納，是我，」我輕輕叩門，用阿拉伯語喊道：「畢永諾。」

「自己進來吧。」一道尖銳刺耳的聲音在屋內響起。

我讓子誠留在屋外，然後負著豹屍，單手推門而入。

門剛打開，一陣濃郁的香氣立時撲鼻而來，我認得這是艾馬納一般用來保存屍體用的香料。數道陽光穿過草蓋隙縫，偷溜進昏暗的屋內，映照在四處亂放的木乃伊和古物上，營造一種怪異氣氛。

草屋中央，有一名身材短小的男人正背向著我，半蹲在一張寬闊的木桌上，專心地把一具屍體用香料塗滿。

「我說穆罕默德先生，有朋友到訪，你是不是應該先放下手上工作呢？」我敲了敲草門，笑道。

「小永諾，有甚麼話就快講，別阻礙老子工作。」艾馬納依舊背著我，陰陽怪氣的道。

「好好好，你別生氣。我這次是有要事相求。」我素知他爲人如此，也不生氣，只頓了頓，認眞說道：「我師父的屍體給人偷走了。」

「啊？你師父死了？」艾馬納聞言，終於停下手上功夫，轉過身子看著我。

艾馬納留著長密鬍子，神情乖戾，五官因爲臉的瘦削顯得格外分明。

「對，他早在半年前過身。」我點點頭，道：「他死後，我們將他的屍體埋葬在鯨之谷。可是今天我去拜祭時，發覺墓碑給人推倒，棺木內的屍體不翼而飛。」

「嘿，難道你認爲把屍體偷走的是老子？」艾馬納粗眉一揚，冷笑一聲。

我搖頭笑道：「我怎會認爲你偷了我師父的屍首呢？他又沒有留下甚麼貴重事物值得你出手。」

艾馬納哼了一聲，冷冷的道：「那你來找老子幹麼？」

「其實我連盜屍者的身分也不知道，所以這次前來是想找你幫忙。」

「嘿，你想老子驅屍？」艾馬納陰森地瞪了我肩上的布袋一下，神色忽然變得興奮。

他轉身將工作桌上的工具挪開，騰出一個空位來後，朝我說道：「把她放在這兒，輕手一點！小心別弄損！」

我依言將布袋放在桌上，看到他緊張萬分的樣子，不禁會心微笑。

「這……是獵豹啊！」艾馬納慢慢解開布袋，當他看到豹屍時，雙眼似欲噴出火來。

「這頭獵豹是稀有品種呢，牠跟盜屍者曾交過手，我希望你能令牠替我找出敵人的位置。」我笑道。

「說，用甚麼來交換？」艾馬納邊撫摸豹身邊說。

他一直專注在獵豹的屍身上，幾乎對我視若無睹。

「除了眼前這一頭，還有其他兩具豹屍在我的車子上，事後也歸你所有。」

「還有呢？小永諾，你知道這些東西還不遠夠老子為你賣命。」艾馬納冷笑道，眼光依舊放在豹屍身上。

「我當然知道。」我笑罷，把站在屋外的子誠喚進來，「艾馬納，你曾說過有一個法老王留下的巧方，內裡藏了一張藏寶圖，對嗎？」

「那又如何？那巧方設計巧奪天工，內藏數種化學物，只要弄錯一步，便會引起爆炸，把藏寶圖和開鎖人炸毀。」艾馬納聽到我的話後，終於轉過頭來看著我，又看著子誠，冷冷的道：「拉哈伯這埃及老妖也不知巧方的破解之法，難道這小子能打開它？」

「沒錯。」我身著身旁的子誠，笑道：「他能。」

艾馬納看著我，冷笑不語。

「他叫鄭子誠，是我的朋友，也是一名魔鬼。」我朝艾馬納笑道：「而他的能力，是讀取死人生前的記憶。」

艾馬納忽然渾身一震，詫異道：「甚麼！他能閱讀記憶？」

「不錯。」我笑道。

艾馬納看著子誠良久，然後神色激動的說：「好！老子幫你，但你這小子千萬別騙我！」

「艾馬納，我跟你交易數次，又有哪一次騙過你來？」我搖頭笑道。

艾馬納沒有應話，只冷笑一聲，便跳下桌來，獨自一人急步走進後廳。

不久，內裡便傳來一陣翻動東西的聲音。

這時，大廳內只剩下我和子誠。

「小諾，這人就是你提及過的驅屍人？」由於剛才我跟艾馬納以阿拉伯語交談，子誠絲毫不懂，艾馬納一走開，他便向我詢問。

「嗯，他叫艾馬納，是埃及驅屍一族的唯一傳人，現職盜墓者。」我笑道：「聽說他的家族在古埃及時是王室御用祭師，拉哈伯也跟他的祖先打過交道。」

「原來拉哈伯也認識他，難怪他會願意替我們驅屍。」子誠說道。

「這倒不是主因，我可是比拉哈伯更早認識他。」我笑道。

「你比拉哈伯早認識他？」子誠奇道

「不錯，我跟艾馬納在三年前相識，那時候我十七歲，成魔剛好一年。」我點點頭，道：「因爲訓練耗去大量魔力，於是師父便派我獨自到一小市鎮上獵食人命，順便讓我歷練一番。那小鎮住了不過百來人，我裝作流浪客在那兒待上一星期後，便無聲無息地把鎮上大部分人的壽命吸食大半。」

子誠聽到這裡，不禁面有難色，我知他是心有不忍，也沒理會，只笑著續道：「在離開小鎮前的一天，我獨自一人闖進那裡黑幫的據點。我本打算吸光這些黑道的生命能量便離開，誰知竟恰巧遇上艾馬納。」

「艾馬納是不是盜墓失敗，失手被擒？」子誠突然問道。

「啊，你怎知道的？」我奇道。

「我們當警察久了，大約還能分辨好人壞人。」子誠看著通往後廳的門，說道：「他雖然外表陰陽怪氣，但從他眼神看來，不像是作奸犯科的人。」

「猜得不錯，他不是黑幫一夥。」我拍手表示讚賞，「由於艾馬納連番出手，讓黑幫留上了神，終於在一次盜墓時中了陷阱被擒。當我去到那黑幫據點時，他正被逼供招出一直以來盜去的寶物收藏處。

「那時，我正利用『鏡花之瞳』，讓黑幫徒手自相殘殺。滿面污血的艾馬納看見了我，雖不明就裡，但知是逃脫的大好機會，連忙向我求救。」我回想起當時的情形，「艾馬納奄奄一息，眼神卻露出熱切無比的求生慾，向我說道：『求求你……求求你把我救走……我現在還不能死！』」

「他的求生慾很強。」子誠低下頭來，沉默片刻後，問道：「那麼之後你就救了他出來？」

「我沒有馬上救他，因爲我是魔鬼，不是天使，不會平白作善事。」我微笑道：「我走到他身邊，感受一下他還有多少壽命。雖然我不能準確測量，但他的生命能量實在太少，即便救了他出去，也不可能活過一年。我表明自己是魔鬼，然後告訴他這件事，問他要不要用餘下生命的一半，作爲我救他出去的代價。」

「他立時答應了？」子誠皺起眉頭，問道。

「對，想也沒想就答應了。」我說道。

「單憑你的話，我已能感受到艾馬納比任何人都想生存，或許因爲他終年與屍體作伴，所以特別知道活著的重要。」子誠嘆一口氣，道：「我想，他應該有一些事情放不下，必須親手完成，才那般渴望離去吧？」

「艾馬納放不下的，」我側身指了指大門，「是這部落的人。」

「這部落？」子誠不解的看著我。

「不錯。他們也是驅屍一族的族人，但並不是直系子孫，所以不能習得驅屍術。本來他們一族爲埃及王室效命，生活無憂。但當埃及皇朝被推翻取代後，這一族人便成了新當權者的追殺對象。」我頓了頓，續道：「他們雖有驅屍奇技，但對方始終有千兵萬馬，寡難敵衆，不得已他們退避到這

沙漠深處隱居，過著與世隔絕的生活。

「由於擁有純正血統的子弟，亦即可習得驅屍術的一系，世代爲這族之首，遷移到這兒後，部落的生計也落在他們身上。」我轉過身子，看回後廳大門，「因爲這兒居住環境惡劣，覓食困難，這個曾經是埃及裡要風得風的大族，人數也大幅減少。一直殘存到這一代，族裡剩下百餘人，會驅屍術的也只剩艾馬納一個。」

「因此要是艾馬納死了，村內的人生活也會變得更苦，是吧？」子誠說罷，忽然皺起眉頭，喃喃道：「可是你說他那時只有不足一年的壽命，爲了逃走更要把一半給你，但他又能生存到現在……是了！之後你再跟他交易，延長的生命，對吧？」

「猜對一半。完成交易後，由於身上的生命有一半轉嫁到我身上，早已氣虛力弱的他便立時暈倒過去。」我笑道：「因爲他清醒時沒告訴我住在哪兒，我便背著他回去找拉哈伯和師父。當拉哈伯見到他時，那臭貓馬上嗅得出他是驅屍一族的傳人。念在故人份上，他跟艾馬納隨便作個交易，便送了五十年的命給他。」

「你們的相識眞是特別。」子誠看著我微微一笑，「對了，他去了哪兒？」

「他嘛，去拿一點東西。我們要他幫忙，要先替他解決一些難題。」我笑道。

「難題？」子誠一臉疑惑，還要再問時，艾馬納已回到大廳中。

只見他一手提著一具木乃伊，另一手握著一立方體，快步走出來。

艾馬納雖然身材矮小，但提著這具比他幾近高一倍的木乃伊卻是舉重若輕，宛如無物。

艾馬納小心翼翼地把木乃伊放在木桌上後，便把方塊拋給子誠。

「小永諾，你騙老子的話，以後也別指望老子會再幫你忙。」艾馬納冷笑道。

我笑了笑，沒有理會他，別過頭看看那塊巧方。

只見那塊巧方是由兩個大小一樣的金字塔，底部相貼組合成一的立方體，表面黃光閃閃，竟是由黃金製成。

單是這純金立方，已經價值不菲，內裡藏寶圖所指示的寶藏價值，定必更為驚人。

「小諾，這是甚麼意思？」子誠看著手中立方，不解的道。

「這是古埃及其中一位法老王留下來的黃金巧方，據說內裡有一張藏寶圖，記載那法老寶藏的位置。」我指了指木桌上的木乃伊，「這就是那法老王的木乃伊，本來以艾馬納的驅屍之術，能夠命令他自行打開巧方，可是這法老王早料到驅屍家族會有此一著，所以用了特別法子防此死後被他們控制。你能不能夠幫艾馬納一個忙，用『追憶之瞳』看看如何能打開這黃金立方？」

子誠先前聽到艾馬納的事情後，似乎對他頗有好感，沒有多話，便打開「追憶之瞳」。

「麻煩你把木乃伊抬起一下。」左眼妖紅的子誠，跟艾馬納說道。

我翻譯了他的話，艾馬納嘀咕一下，也依言讓木乃伊直挺挺地坐在木桌上。

子誠走到木乃伊面前，輕輕撥開包裹木乃伊左眼前的泛黃布條，露出一隻死寂的眼睛。

「子誠，打開這巧方時若然有一步走錯，它便會引起爆炸，切記小心。」我提醒道。

「放心，我不會有事。」子誠點頭說罷，便把頭靠近木乃伊，「追憶之瞳」注視那死灰的眼睛不放。

但覺子誠周身魔氣一盛，顯然他的思緒已回到數千年前，追尋這法老的最後記憶。

艾馬納站在一旁，一雙銳利的眼睛看著子誠，臉上神態自若，但我聽得他心跳急促，內心甚爲緊張。

子誠瞪著木乃伊很久，身體卻還是一動也不動。

「小永諾，你的朋友幹麼還沒有動靜？」艾馬納瞪著我，臉上微有慍色，「你要是敢耍老子，老子絕不放過你。」

我知道「追憶之瞳」是從死者臨死前的時刻開始觀看，然後慢慢把時間推前去看再早點的記憶，要是法老沒有在瀕死前想過或弄過那個黃金立方，那麼子誠便要花一點時間去追看他早前的記憶。

正當我想出言解釋時，艾馬納忽然驚呼一聲，我回神一看，卻是子誠已開始動手拆解巧方。

只見子誠皺著劍眉，額頭微微冒汗，雙手不停拆解黃金巧方的機關，魔瞳卻始終瞪著死去的法老王，絲毫沒將目光放在巧方上。

艾馬納見子誠有所行動，立時噤聲，一雙眼睛瞪得老大，呼吸微見粗重。

原來那巧方的每一小塊磚頭都能移動，只見子誠十指翻飛，在不同磚塊上，或向左右推，或向下按，或把其中一塊挑出來上倒轉再放入去，或將將兩件不同位置的磚塊取出互換。

我一直在旁細心觀察，發現拆解方並沒有一個固定規律，每一步都很隨意，要不是子誠擁有「追憶之瞳」，這黃金立方的秘密說不定永遠不爲人知。

子誠一直弄過不停，只見巧方慢慢從立方體變形，當它變成一塊極不規則的物體，又慢慢重新組合，似乎要變回原先的形狀。

這時，子誠忽然一陣哆嗦，接著吐了一口濁氣。

「成了！」子誠拭了拭額上汗珠，笑著將黃金立方遞向艾馬納。

「解……解開了？」艾馬納看著手中立方，有點傻眼的問道。

黃金立方又變成兩個金字塔緊貼的模樣，彷彿從沒被人拆解過。

子誠雖然聽不懂艾馬納的阿拉伯語，但他從艾馬納的神情中大約明白他的意思。

他點了點頭，然後指著朝下的那金字塔的塔尖。

只見金字塔最尖端處，竟有細沙不斷從巧方中流出來，形成一條幼小沙柱。

「金字塔的塔尖有一個肉眼難見的小洞，待立方內的沙都流光時，把朝上的金字塔往右一扭，便能打開。」子誠解釋道。

我將子誠的話翻譯後，艾馬納一臉難以置信，想要說甚麼時，手中黃金立方忽然輕輕的響起「喀嚓」一聲。

艾馬納呆呆的看著立方，一動也不動。

「打開它吧。」我笑道。

艾馬納點點頭，然後雙手抓住兩座金字塔，看著黃金巧方好一會兒，才深呼吸一下，用力扭轉打開！

但見黃金立方一分爲二，變成兩座金字塔，接合中央空心處，放著一張泛黃的薄紙。

艾馬納拿起薄紙，雙手顫抖地把它打開，藉著室中微弱的光線閱讀。

當他看到紙中內容時，眼瞳猛然一縮。

「小永諾果然沒騙人！哈哈哈！」艾馬納陰陽怪氣地大笑，神情有點興奮，「果然是藏寶圖，你這臭法老的黃金巧方果然難解，不過老子最後還是拿到手了！」

我向艾馬納笑問道：「這下子你可以動手了吧？」

艾馬納冷笑一聲，將薄紙收藏妥當後，一蹤而上到木桌上，然後從腰包中取出一卷白色布帶。

他用發黃的牙齒咬著布帶一端，然後慢慢將其拉開。

我留意到布帶表面純白，看似普通，但內層卻隱隱繡著紅色的咒印，似乎是驅屍的關鍵。

艾馬納用空出來的手不停抓著一把又一把的深棕色香料，灑遍獵豹屍身，使獵豹原本身上的花斑漸漸被香料掩蓋。

待整條屍首都變成棕色時，艾馬納便開始動手，從豹首開始，用白布把它整個包裹起來。

艾馬納手口並用，動作極快，只見布條不停在屍體上左穿右插，但絕無重疊的地方。

不消一會，本來毛茸茸的獵豹已被白布裹得密不透風。

「成了嗎？」我看著停下手腳的艾馬納問道。

艾馬納瞪了我一眼，陰陽怪氣地道：「嘿，還差一步。」

說罷，艾馬納咬破食指指尖，然後伸到已變成木乃伊的豹額上。

艾馬納閉起上眼，低聲吟誦著不知名的經文，同時從指頭擠出血來。

血從他的指尖滲出，落下。

當血滴在豹額白布上，散成一朵紅花的瞬間，艾馬納猛然大喝一聲！

大廳中忽然無風而寒，接著，獵豹忽然發出低沉吼叫聲，然後慢慢從木桌上爬起來。

「寶貝，是時候活動一下筋骨，找那個殺死你的人報仇了，嘿嘿。」艾馬納摸著獵豹的頭，陰森森的怪笑道。

待續

後記

然後，就來到卷三了。

當初出版第一、二卷時，眞的沒想過會有後續，我還以爲自己已然完夢，沒想到夢仍在繼續。

在書展簽書時，看到每一個你、與你們的每一個交流，其實都令我雞皮疙瘩。

從網絡世界走到現實，固然興奮，但亦令我有點害怕。

我害怕原來並沒有那麼多眼睛，閱讀我的文字。

現在，能寫下這後記，至少證明我沒令出版社虧太多吧？（笑）

不過！

若果將出版換成比武過招，卷一卷二只是「擺架式」和「出鞘」，卷三才是眞正出招。

這一卷，可說是《魔瞳》能否繼續戰鬥的關鍵，所以還希望大家多推人下火坑吧，嘿嘿。

卷三除了正傳，還有一篇從未流通的外傳。

畢竟看過正傳的朋友不少，爲了增加收藏價值，我會繼續在以後的出版附帶新外傳。

所以，還請大家繼續支持《魔瞳》，支持夢繪文創！

邦拿

二零一九年五月

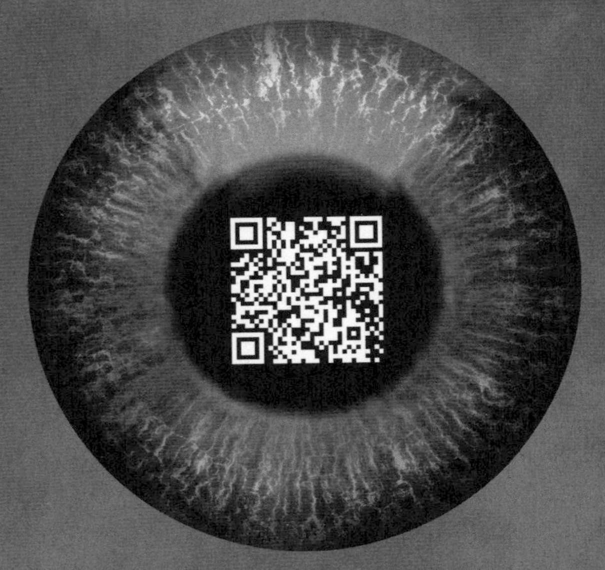

https://dreamakers.hk/devilseye03s

由此解封

魔瞳

The Devil's Eye 3

作　　者　邦拿　　責任編輯　賜民
出版經理　Venus　　設　　計　joe@purebookdesign

出　　版　夢繪文創 dreamakers
網　　站　https://dreamakers.hk
電　　郵　hello@dreamakers.hk
facebook & instagram　@dreamakers.hk

香港發行　春華發行代理有限公司
香港九龍觀塘海濱道 171 號中新證券大廈 8 樓
電話　2775-0388　　傳真　2690-3898
電郵　admin@springsino.com.hk

台灣發行　永盈出版行銷有限公司
台灣 231 新北市新店區中正路 499 號 4 樓
電話　(02)2218-0701　　傳真　(02)2218-0704
電郵　rphsale@gmail.com

承　　印　美雅印刷製本有限公司
香港初版一刷　2019 年 6 月
ISBN: 978-988-79354-9-0
Printed in Hong Kong

定價｜HK$88 / TW$390
上架建議｜魔幻小說